D

Elfriede Hammerl

Kleingeldaffäre

Roman

Deuticke

1 2 3 4 5 15 14 13 12 11

ISBN 978-3-552-06153-8

Satz: Eva Kaltenbrunner-Dorfinger, Wien
Druck und Bindung: CPI – Ebner & Spiegel, Ulm
Printed in Germany

Kleingeldaffäre

I.

G. gibt mir Geld. Ich bin nicht arm, ich verdiene sogar ziemlich gut, aber es gefällt ihm, mich als eine Person zu sehen, der er mit finanziellen Zuwendungen Freude machen kann.

G. ist gern großzügig. Er führt mich in teure Lokale. Wenn wir ins Hotel gehen, lassen wir uns Champagner aufs Zimmer kommen. Er hat auch schon vorgeschlagen, wir sollten einmal in Champagner baden, falls mir das ein Gefühl von Luxus gibt. (*Charmepagner*, sagt G., der Sprachbastler, und ich liebe ihn dafür.)

G. verdient ebenfalls gut, aber nicht besser als ich, er kann sich seine Großzügigkeit vor allem deshalb leisten, weil er eine reiche Frau hat.

G. bezahlt mich mit dem Geld seiner Frau quasi für sexuelle Dienstleistungen. So könnte man es sehen. Ich schlafe mit G., und er steckt mir Geld zu.

Ich *prostituiere* mich aber nicht, ich schlafe gerne mit G., ich tue es, weil es mir ein Bedürfnis ist, noch lieber würde ich mit G. nicht nur schlafen, sondern auch leben, aber das ist nicht drin.

G. zahlt nicht für Sex, sondern weil er ein schlechtes Gewissen hat, er beschwichtigt mich mit Geld, jedenfalls versucht er es auf diese Weise. G. bietet Geld statt Zuwendung und Nähe an, das Geld seiner Frau, der er dafür Zuwendung und Nähe schenkt.

Ich schaue in den Spiegel und sehe eine Frau im fortgeschrittenen Alter, der man ihr Alter angeblich nicht ansieht, wenn man davon ausgeht, dass sie in ihrem Alter noch älter aussehen müsste, aber ich sehe einen Hals mit Jahresringen, Kerben neben den Mundwinkeln und müde Augen, ich sehe eine Frau in einem Alter, in dem Frauen für gewöhnlich nicht mehr Geld kriegen, wenn sie mit einem Mann schlafen (sofern sie nicht auf den Strich gehen), sondern Geld von ihren Ehemännern dafür, dass sie sie stillschweigend mit anderen schlafen lassen, oder dafür, dass sie es taktvoll tolerieren, wenn ihre Ehemänner nicht mehr mit ihnen schlafen können.

Ich betrachte es als Selbstbestätigung, dass G. mir Geld gibt, mir, der Frau, mit der er schläft, der er Komplimente macht, die er jung aussehen lässt in seinen Komplimenten und dadurch, dass er sie begehrt, obwohl sie nicht jünger ist als seine Ehefrau, mit der er angeblich nicht mehr schläft. Manchmal. Manchmal fühle ich mich dadurch bestätigt.

G. sagt, er hat immer Geld gegeben, er gehört zu den Männern, die angeblich keine Geschenke aussuchen können aus männlichem Ungeschick, wenn G. Geld schenkt, dann ist das also Schmuck oder Kleidung oder sonst was Schönes, G. verwöhnt durch Geld, mit dem man sich was kaufen soll, was einen verwöhnt. G. meint, ich weiß selber besser, was das sein könnte, deshalb stellt er mir die Mittel dafür zur Verfügung, den Rest muss ich erledigen. Frauen kaufen doch sowieso gern ein, viel lieber als Männer.

G. kauft nicht gern ein, das gibt er zu, er streitet gar nicht ab, dass er Geld auch aus Bequemlichkeit gibt, die Bequemlichkeit muss ich ihm nachsehen, sicher will ich ihm auch was Gutes tun, und das kann ich, indem ich ihm nachsehe, dass er Geld gibt statt liebevoll ausgesuchter Geschenke.

Als G. mir zum ersten Mal Geld überreichte, in einem

Kuvert, in einem Billet, mit einem anmutigen Text, überlegte ich, ob ich es zurückweisen müsste. Ich hatte den Verdacht, dass ich, wenn mich jemand sehen könnte, verpflichtet wäre, mit großer Geste, mit Empörung die Annahme zu verweigern. Ich lasse mich doch von dir nicht *bezahlen*!

Aber G. sagte, ich solle ihm doch die Freude machen, mir von ihm eine Freude machen zu lassen, und da kam es mir unangebracht vor, Empörung in sein vergnügtes Weihnachtsmanngesicht zu spucken, in dem das Vergnügen über mein bevorstehendes Vergnügen stand, und weil sowieso keine Zuschauer da waren, keine Richter über mein Tun und Lassen, keine Beurteiler meiner Moral, nahm ich das Kuvert. Nein, falsch, in Wirklichkeit hätte es mir auch nichts ausgemacht, wenn Zuschauer da gewesen wären, es bereitete mir Spaß, ein fiktives Publikum in seinem Urteil über mich zu erschüttern, ich erfreute mich daran, *unmoralisch* zu sein. Wenigstens das. Wenigstens ein bisschen unmoralisch. Wenn ich schon nicht bekam, was ich wollte.

Sollte er zahlen. Soll er sein schlechtes Gewissen doch abzahlen.

Seither nehme ich G.s Geld, oder das Geld seiner Frau, ganz, wie man will, aber ich kaufe mir nichts Besonderes darum.

Ich gebe es nebenher, achtlos, aus, lasse es in den Haushalt fließen, kaufe Lebensmittel ein, zahle die Putzfrau damit, blättere es für Benzin hin. Ich lege die Kuverts von G. in meine Schreibtischlade, und wenn mir beim Fortgehen einfällt, dass ich zu wenig Bargeld in der Brieftasche habe, nehme ich ein paar Scheine aus den Kuverts.

G. fragt nie, was ich um sein Geld gekauft habe. Würde er fragen, fiele mir schon was ein. Dieser Rock. Der Pulli.

Ich würde streng darauf achten, nicht zu viel zu nennen, er soll ruhig den Eindruck haben, dass man sich nur bescheidene Freuden kaufen kann für sein Geld.

Was G. von seiner Frau erzählt, macht sie mir nicht sympathisch. Das müsste nicht zwangsläufig so sein. Ich war nicht immer automatisch auf Seiten meiner Liebhaber und gegen ihre Frauen, sofern meine Liebhaber verheiratet waren. Gelegentlich waren mir die Frauen meiner Liebhaber sogar sympathischer als der jeweilige Liebhaber. Das war nicht oft der Fall, zugegeben, aber es kam vor, ein- oder zweimal. Meistens waren mir die Liebhaber durchaus sympathisch, aber ihre Frauen auch, wenn ich sie kennenlernte, oder schon davor, nach allem, was ich von ihnen so zu hören bekam. Ich fand sie sympathisch und sie taten mir leid, weil ihre Männer fremdgingen, ich empfand ihnen gegenüber ein leichtes Gefühl der Überlegenheit, weil ihre Männer mit mir fremdgingen, das aber verflog, sobald ich sie kennenlernte, was so gut wie immer erst nach der Affäre mit ihren Männern der Fall war. Mit der einen oder anderen freundete ich mich nachträglich sogar an, und nach einer Weile hatte ich vergessen, was zwischen mir und ihrem Mann gewesen war, ja, ganz ehrlich. Wolf, der sich erinnerte, dass ich eine Zeitlang mit Martin geschlafen hatte, reagierte fassungslos, als ich ihm beiläufig von meiner Freundschaft mit Martins – inzwischen geschiedener – Frau berichtete. Ich sagte selbstverständlich nicht, ich wäre mit Martins geschiedener Frau befreundet, als solche definierte ich sie ja nicht, sondern ich erwähnte im Gespräch mit Wolf *meine Freundin Nora*, und Wolf fragte: Martins geschiedene Frau? Und als ich nickte, fragte er, ob mir das nicht unangenehm wäre, und ich fragte zurück, reinen

Herzens erstaunt: Nein, wieso? Wolf behauptete, ich müsse lügen, das gäbe es nicht, dass ich keine Ahnung mehr hätte von meinem Verhältnis mit Martin. Ich antwortete, keine Ahnung stimme natürlich nicht, jetzt, da er es sage, erinnerte ich mich wieder, aber vorher wäre es mir wirklich entfallen gewesen, großes Ehrenwort.

Womöglich schläft G. mit mir statt mit seiner Frau nur deswegen, weil seine Frau nicht mehr mit ihm schläft. Vielleicht schläft G. mit mir gewissermaßen im Auftrag seiner Frau, die ihm die Erlaubnis gegeben hat, sein Triebleben außer Haus zu regeln, damit er ihr nicht zu nahe tritt, sexuell nicht nahe tritt (denn ansonsten soll er ja durchaus zur Stelle sein). Natürlich hat ihm seine Frau nicht aufgetragen, sich ausgerechnet meiner Person zu bedienen, das könnte sie gar nicht, weil sie mich nicht kennt, aber sie hat ihm aufgetragen, sich zu bedienen, und das tut er jetzt bei mir.

Nein, er benützt mich nicht, er schläft mit mir, weil er mich begehrenswert findet, und die Tatsache, dass wir miteinander schlafen, erfüllt ihn sicherlich mit Wohlwollen mir gegenüber. Er bedient sich meiner Person mit Wohlwollen. Das nennt er Liebe. Er sagt, er liebt mich. Er lebt mit seiner Frau, aber mich liebt er.

G. muss mich lieben, sonst hätte er sich ja auch jemand anderen suchen können, eine aus der Töchtergeneration, er ist umgeben von schönen jungen Frauen, die ihm schöne Augen machen, darauf vergisst er nie hinzuweisen, und außerdem sehe ich, wie die Frauen auf ihn reagieren, und sie reagieren in der Regel mit Interesse.

Vielleicht hat aber G. mich ausgewählt, weil er gedacht

hat, ich werde nicht aufmucken. Junge Frauen stellen Ansprüche. Junge Frauen wollen geheiratet werden, eine Familie gründen, Kinder, es wäre ein ewiger Unfrieden. Junge Frauen würden ihm das Messer ansetzen, weil sie auch noch andere Optionen haben. Ich, hat sich G. möglicherweise gedacht, ich habe sowieso kaum noch andere Optionen, um es euphemistisch auszudrücken.

Vielleicht ist G. ja auch auf mich verfallen, weil ich keine Gefahr und keine echte Konkurrenz für seine Frau darstelle. Vielleicht hat G. gefürchtet, sich in eine schöne junge Frau zu verlieben, wenn er mit ihr schläft, und damit seiner Frau tatsächlich *untreu* zu werden.

Vielleicht liebt G. aber auch seine Frau weniger als ihr Geld, man kann das ebenso gut pragmatisch sehen. Seine reiche Frau bietet ihm ein angenehmes Leben, gesicherten Wohlstand, ja, Luxus (von dem er bereit ist, kleine Anteile in Form champagnergefüllter Badewannen sogar an mich weiterzugeben). Warum sollte er das alles gefährden wollen, indem er sich in eine verliebt, der zuliebe er dann bereit wäre, es kopflos aufzugeben?

Nicht, dass ich nicht aufmucke. Nicht, dass ich ihm nicht das Messer ansetze. Nicht, dass es mit mir immer friedlich ist. Wenn mein Groll und meine aufgestaute Wut den Überlaufpegel erreicht haben, bin ich ätzend, abweisend, sarkastisch, vorwurfsvoll, unbequem.

Dann zieht sich G. zurück und straft mich mit Nichtbeachtung, mit Schweigen, mit nachrichtenlosen Tagen, liefert mich einem echolosen Raum aus, quält mich mit spürbarer Abwesenheit.

Wenn G. mir nicht gerade grollt, weil ich meinen Groll gerade herauslasse, ist er zärtlich, überwältigend, herausfordernd, witzig, unverschämt. Ich lasse mich provozieren und überwältigen, ich lasse mich fallen, ich schwimme in Seligkeit, da braucht es gar kein Champagnerbad. Ich bin wehrlos.

G. hat es doch gar nicht bequem, sagt er. Er versucht doch, Zeit für mich aufzubringen, er denkt an mich, er kümmert sich um mich, in Gedanken jedenfalls, G. investiert weitaus mehr Zeit in mich, als sein Zeitbudget ihm eigentlich erlaubt, er strapaziert sich, zerreißt sich geradezu (ebenfalls in Gedanken, zugegeben, ohne konkrete Auswirkungen auf seine Zeitaufteilung, aber immerhin), doch mir ist das nicht genug.

Na und? Gar nichts soll er tun müssen für ein befriedigtes Triebleben? Soll er sich doch bei seiner Frau bedanken, die es ihm so schwierig macht.

Das Ich ist bloß eine sich ständig verändernde Konstruktion, sagen die Hirnforscher, abhängig vom aktuellen Zustand unserer Neuronen, Synapsen und so weiter. Es gibt kein stabiles Ich, sagen sie, keinen fixen Kern, nichts, worauf wir uns verlassen, worauf wir zurückgreifen können, wenn wir auf der Suche nach uns selbst sind. Das scheint mir plausibel. Im Grunde gibt es mich gar nicht. Im Grunde bin ich irgendwas oder irgendwer oder niemand. Wenn ich mir auf den Grund gehe, komme ich drauf, dass auf dem Grund nichts ist, nichts andauernd Unverwechselbares jedenfalls. Trotzdem leide ich. Wie kann ich leiden, wenn es mich gar nicht gibt? Wieso ist mein instabiles, inexistentes

Selbst so wehleidig? Und wieso zum Teufel sollte G. so viel Schmerz wert sein?

Nicht, dass ich wirklich keine anderen Optionen hätte. Meine Optionen: Joe zum Beispiel. Auch Joe führt mich zum Essen aus und würde vielleicht Champagner spendieren, wenn ich Champagner wollte. Aber Joe ist reserviert und redlich. Reserviert und redlich bin ich selber.

G. ist offensiv und herzlich, unbekümmert, überschwänglich. Zumindest erweckt G. den Eindruck so zu sein, denn G. ist ein Schlitzohr, er weiß, wie er sich wem darstellen muss. G. erweckt zudem den Eindruck, mitfühlend und fürsorglich zu sein (ein Eindruck, den Joe nicht macht, obwohl Joes Verhalten – seinen Kindern, seinen alten Freunden gegenüber – darauf schließen lässt, dass er es ist). Das gefällt mir und wiegt mich in falscher Sicherheit – denn tatsächlich kann ich mich nicht auf G. verlassen, wenn ich ihn brauche, ist er nicht verfügbar.

Auch für alle anderen, die sich für mich interessieren, erstaunlicherweise für mich interessieren, gilt: Sie sind nicht G. Statt dankbar zu sein, weil sich immer noch Männer für mich interessieren, die noch dazu redlich und aufrichtig sind (zu sein scheinen, genauer gesagt, aber da G. ja auch nicht ist, was er scheint, sollte mir ein eventueller bloßer Schein nichts ausmachen), bestehe ich undankbar auf G.

Ich könnte G.s Geld (oder das Geld seiner Frau) auch in den Mistkübel stopfen, es würde mir nicht abgehen, es hebt meinen Lebensstandard nicht wirklich – aber warum sollte ich? Ich nehme es und gebe es aus, achtlos, lieblos.

G. gibt mir nicht, was ich brauche, er ist also eigentlich nur eine Projektionsfläche für meine Wünsche, Erwartungen und Sehnsüchte – warum gerade er? Warum kann ich mir nicht eine andere Projektionsfläche suchen? Projektionsflächen sollten austauschbar sein, könnte man meinen.

G. legt Wert darauf, dass ich nur mit ihm schlafe. Was er bei seiner Frau vermisst, ist nämlich das Gefühl, dass sie's aus Liebe tut, wenn sie's denn einmal tut oder vielmehr täte oder vielmehr geschehen ließe. Ich soll ihn lieben, während er mit mir schläft, und diese Liebe soll nur ihm allein gehören.

Warum spreche ich von G., wenn ich von G. spreche, und nicht von Gustav, Georg, Gerd?

Halte ich seinen Namen geheim, sogar vor mir, weil seine Frau nichts erfahren darf? Habe ich mir seine Vorsicht zu eigen gemacht?

Ist mir doch egal, ob seine Frau was erfährt, ich muss doch nichts geheim halten, aber nein, ich schütze und schone ihn, mir soll er keinen Vorwurf machen können, an mir soll es nicht liegen, wenn seine Frau was erfährt, ich schütze mich vor seinem Zorn.

Oder ist es Kastration? Ich schneide G. die folgenden Buchstaben seines Vornamens weg, ich schneide weg, was seinen Vornamen ausmacht, was ich übrig lasse, ist G., G. könnte für jeden beliebigen Gustav, Georg, Gerd stehen, ich beraube G. seiner Individualität, seiner Identität, seiner Stärke, seiner Männlichkeit. G. legt Wert darauf, ein sehr männlicher Mann zu sein, so einen zu kastrieren zahlt sich aus.

Die ganze Woche freue ich mich auf G., wenn der Jasmin in meinem Garten zu blühen beginnt, freue ich mich darauf, ihn G. dann und dann – bald! – in voller Blüte zeigen zu können, die üppigen Blütenbüschel, den Torbogen aus duftenden Blütentrauben über dem Weg wie ein Brautkranz, das muss G. gefallen, denke ich mir.

Das ist gefährlich. Ich will nicht Gefahr laufen, nur noch auf die Treffen mit G. hin zu leben, so weit soll es nicht mit mir kommen.

Ich habe mit G. Schluss gemacht. Nein, G. hat mit mir Schluss gemacht. Wir haben miteinander Schluss gemacht. Das war wichtig und notwendig. Wir haben keine Zukunft, sagte G., das hast du nicht verdient. Einen alten Baum verpflanzt man nicht, sagte G. Ich will mir nicht das Dach über dem Kopf anzünden, das musst du verstehen. G. saß mir gegenüber, kalt und distanziert, den schönen Mund arrogant verzogen.

Ich habe keinen Stolz, sagen meine Freundinnen, wenn ich G. hinterher winsle, aber was habe ich zu verlieren außer G.? Bin ich weniger wert, wenn ich G. liebe, der es nicht wert ist, von mir geliebt zu werden? Wer sagt, dass die Liebe immer denen gelten muss, die sie verdienen? Ich liebe G. nicht für seinen edlen Charakter, ich liebe G. ich weiß nicht warum, ich kann es mir nicht aussuchen, wenn ich es mir aussuchen könnte, würde ich G. nicht lieben, sondern einen, der es verdiente. Ich kann meinem Körper nicht befehlen, auf irgendeinen Beliebigen so zu reagieren, wie er auf G. reagiert, ich kann meine Hände nicht zwingen, nach Händen greifen zu wollen, die nicht G.s Hände sind, ich kann meine Hände nicht abhalten, G.s Hände halten zu wollen.

Schon oft habe ich versucht, G. für mich zu entzaubern, indem ich mich auf seine körperlichen Mängel hingewiesen habe. Zu viele Kilos um die Mitte, zu viele Jahre auf dem auch nicht mehr so geraden Buckel, zu – ach, ich habe keine Lust auf diese Aufzählung, zu viel, zu wenig, was zählt, ist, dass es für mich nicht zählt.

Jetzt tut es mir leid, dass ich mir mit G.s Geld nichts von bleibendem Wert gekauft habe. Plötzlich suche ich nach Gegenständen, die zu Spuren von G. in meinem Leben taugen, weil ich sie mit seinem Geld gekauft haben könnte. Dieser Rock. Der Pullover. Das Armband aus bunten Halbedelsteinen. Von G. als Zeichen seiner Liebe.

G., ich schicke dir jetzt dieses Mail, du wirst geschmeichelt sein, so viel Aufmerksamkeit, so viel Aufarbeitung deinetwegen, aber sei nicht zu eitel. Vielleicht fällst du von mir ab wie die Kruste von einer geheilten Wunde, wenn ich das hier zu Ende geschrieben und an dich weggeschickt habe. Weggeschickt. Das ist meine Hoffnung.

Ich schicke dich weg, G., aus meinem Leben. Aber was kommt dann?

Kommt dann der, der meine Liebe verdient und den ich lieben mag, *obwohl* er meine Liebe verdient? Nein, falsch, die Frage stelle ich anders, kommt dann der, den ich lieben werde und der meine Liebe verdient? Einfach so? Sobald du weg bist? Das glaube ich nicht. Was ich weiß, ist, dass ich keinen anderen als potenziellen Liebhaber auch nur wahrnehmen kann, solange du in meinem Leben bist und mir die Sicht verstellst.

Joe sagt, er ist sich nicht sicher, ob er wirklich mit mir schlafen will, schlafen kann, einerseits würde er wollen, aber eigentlich ist er auf junge Frauen programmiert, das könnte ein Problem sein. Das trifft sich, sage ich, auch ich bin auf jüngere Männer programmiert. Das stimmt. Die Männer, die mich spontan nach Luft schnappen lassen, waren nicht von jeher jünger als ich, aber sie waren immer jünger, als Joe heute ist (und damit leider auch jünger als ich heute bin). Warum umwirbt mich Joe? Weil er fürchet, dass ihm junge Frauen eine Abfuhr erteilen würden, und bevor er sich das antut, ist er bereit, sich mit mir zu begnügen, in der Überzeugung, dass auch ich mich begnügen, nein, vielmehr froh sein muss über eine Chance wie ihn? Schließlich gehen die meisten Männer jeden Alters davon aus, dass junge Frauen darauf brennen, es mit ihnen zu treiben, solche wie Joe, einsichtig und bescheiden, sind selten, also, denkt Joe offenbar, muß ich mich freuen, ihn getroffen zu haben.

Jetzt sei doch nicht gekränkt, sagt Joe, aber ich bin gar nicht gekränkt, ich bin erleichtert, es hat einen Grund, dass ich von der Option Joe bis jetzt keinen Gebrauch gemacht habe, es hat mir, zugegeben, geschmeichelt, dass sich Joe als Option gebärdet hat, aber nun herrschen klare Verhältnisse, und das hat auch etwas für sich, obwohl es, zugegeben, meiner Eitelkeit nicht gut tut, dass Joe sich herablassen müsste. Das ist mir noch nie passiert. Wenn sich welche gedacht haben, dass sie sich herablassen müssten, dann haben sie es mir jedenfalls nicht gesagt, nicht alle sind so ehrlich wie Joe, Gott sei Dank.

Was redest du da, sagt Joe, ich habe nicht gesagt, das ich mit dir nicht schlafen möchte, ich sage nur, es könnte nicht so einfach sein, weil, na eben deswegen.

Was heißt das? Das heißt, dass Joe eine Option bleiben möchte beziehungsweise damit rechnet, dass ich demnächst mit ihm schlafe, dass wir miteinander zu schlafen *versuchen*, wozu ich aber keine Lust habe. Ich habe Joe hingehalten, um ihn nicht ganz zu verschrecken, ich habe die Vorstellung gebraucht, dass es einen gibt, von dem ich die Liebe und Zuwendung bekommen könnte, die mir G. vorenthält, mit dem kleinen Schönheitsfehler, dass mir seine Liebe und Zuwendung nie auch nur annähernd so viel bedeuten würden wie Liebe und Zuwendung von G.

Und nun stellt sich heraus, Joe liebt mich nicht und begehrt mich nicht, er wendet sich mir zu aus Resignation. Herzlichen Dank.

G. ist älter als Joe, doch das ist mir egal. Es stimmt, dass mir im allgemeinen nur jüngere Männer gefallen, aber mit G. hat das nichts zu tun. G. ist trotzdem die Taube auf dem Dach, kein Kompromiss mit meinen eingeschränkten Wahlmöglichkeiten, G. ist einfach G. und alles, was ich will. Und was ich nicht kriege. Taube auf dem Dach stimmt in zweifacher Hinsicht, er wäre der größtmögliche Gewinn in meinen Augen, aber er lässt sich nicht fangen. Von mir nicht und von seiner Frau nicht. Denn solange es mich gibt in seinem Leben, hat auch sie ihn nicht, nicht für sich.

Ja, es gibt mich wieder in seinem Leben, wir haben es nicht ausgehalten ohne einander.

Alles kommt nur daher, dass wir einander zu spät getroffen haben. Hätten wir einander früher getroffen, wäre alles ganz anders, sagt G.

Hätten wir einander früher getroffen, wäre ich jetzt die Betrogene, denke ich mir, aber dann schiebe ich den Gedanken beiseite, soll ich mir jetzt auch noch ausmalen, wie ich G. auch nicht für mich hätte, wenn wir einander früher getroffen hätten, nein, das muss nicht sein.

Dir würde ich höchstwahrscheinlich treu sein, sagt G. Das höre ich gern, das glaube ich gern, diese Behauptung wird nie durch einen Gegenbeweis widerlegt werden, was G. wäre, wenn die Umstände anders wären, ist eine hypothetische Wahrheit, die die Nagelprobe der Realität nicht zu bestehen hat und demzufolge wahr bleibt. Auf der virtuellen Ebene einer leider durch die tatsächliche Realität vereitelten möglichen Realität wäre mir G. höchstwahrscheinlich ein treuer Ehemann, wie schön.

Dass er das nicht mit hundertprozentiger Gewissheit behauptet, sondern bloß annimmt, er wäre mir *höchstwahrscheinlich* treu, macht seine Hypothese noch glaubwürdiger und damit wertvoller, er imaginiert sich nicht als einer, der er in Wirklichkeit nicht ist, sondern er sieht sich mit seinen Schwächen und geht trotzdem davon aus, dass es ihm gelingen würde, mir treu zu sein, mir.

G. und ich haben eine Abmachung, aber er hält sich nicht daran. Die Abmachung lautet, G. soll mich nicht mit Mitteilungen aus seinem Ehealltag behelligen. Ich mag mir das Ehepaar G. bei seinen gemeinschaftlichen Unternehmungen nicht ausmalen. Keine News aus dem Ahörnchen & Behörnchen-Nest. Das wird man doch noch verlangen dürfen.

Wenn G. seinen Alltag nicht mit mir teilen mag, dann soll gar kein Alltag zwischen uns sein. Schon gar keiner, den er mit einer anderen teilt.

Ich habe mir das so vorgestellt: Wenn G. und ich zusammen sind, dann gibt es für diese kurze, begrenzte Zeitspanne nur uns, ohne Alltag. Jedes Treffen ein kleines Fest, zu dem ich mich sorgfältig herausputze. (Das ist ein Vorteil dieses Arrangements, dass ich G. nicht mein abgeschminktes, abgehetztes Alltagsgesicht zeigen muss, meinen Körper in Form bringen kann, überflüssige Härchen entfernt, alle Nägel geschnitten und lackiert – nie muss ich mich, wenn ich G. gegenübertrete, ertappt fühlen bei vermeidbaren oder kaschierbaren Unzulänglichkeiten.)

Aber es funktioniert nicht. G. lässt seinen Alltag auf unsere Insel. G. erzählt in der Wir-Form aus seinem Leben. Da waren wir. Da haben wir. In unserem Haus. Unsere Nachbarn. Wir sind am Samstag eingeladen.

Wieso, verdammt noch einmal, konnte G. von *meinem Haus* sprechen, solange er mir den Eindruck vermitteln wollte, dass er ein kaum gebundener, nur der Papierform nach noch verheirateter, verfügbarer Mann sei, damals, als er mich für sich gewinnen wollte, und heute schafft er es einfach nicht, seine Redeweise zu zensieren?

Soll ich sagen, *ich* war in der Schiele-Ausstellung, wenn ich mit meiner Frau dort war?, fragt G. Soll ich sagen, *ich* fahre demnächst auf Urlaub, wenn du doch genau weißt, dass ich nicht allein fahre?

Ja.

Warum?

Darum. Weil mir G. nicht als eine Hälfte von einem zweisamen Wesen gegenübertreten soll. Wenn G. wir sagt, dann soll er sich und mich meinen. Wenn er nicht sich und mich meint, dann soll er nicht wir sagen. Wenn ich G. treffe, will ich G. treffen und kein Wir, zu dem ich nicht gehöre. So einfach ist das.

Nicht für G., er versteht mich nicht. Er findet mich zimperlich. Er sagt, ich habe es nicht nötig, mich über solche Lächerlichkeiten aufzuregen. Wie würdest du umgekehrt reagieren?, frage ich, und G. sagt, gar nicht, er würde sowas einfach überhören.

Ausgerechnet er, dem es am liebsten wäre, wenn ich in der Zeit, in der er nicht bei mir ist, wartend am Fenster säße, weil ihn schon der Gedanke, dass ich es mit anderen lustig habe, irritiert, schließlich könnte das seine Bedeutung in meinem Leben schmälern.

Das schau ich mir an, sage ich, und G. sagt, ja, nur zu, schau es dir an, aber wir wissen beide, dass es nichts zu schauen gibt, G. gehört zu einem *Wir* und ich nicht, und das ändert sich nicht so einfach.

Hör einmal, sagt G., in meinem Auto, auf dem Weg zu mir, können wir schnell noch beim Sacher vorbeifahren, damit ich eine Torte mitnehmen kann?

Aha. G. hat Lust auf Torte. Bitte sehr, warum nicht. Essen wir halt Sachertorte.

G. ist erstaunt. Du möchtest Torte?

Ich nicht, du. Du willst doch eine kaufen.

Ach so, die ist für daheim. Wir kriegen morgen Gäste, und ich hab versprochen, das Dessert zu besorgen.

Sagt G. mit Hausmannblick.

Die ist für *daheim*. G. hat ein Daheim, in dem ich nicht daheim bin, für das ich aber Torte besorgen soll. Ich soll einen Umweg machen, damit seine Frau morgen einen Nachtisch für ihre und G.s Gäste hat.

Ich möchte in meinem Kühlschrank keine Torte stehen haben, die frisch gehalten werden muss für die Gäste des Ehepaares G.! Ich werde nicht am Sacher vorbeifahren, damit G.s ehelicher Frieden gewahrt bleibt. Ich freue mich auf G., aber er stiehlt unsere gemeinsame Zeit, indem er Besorgungen macht für das häusliche Glück mit seiner Frau.

Ich bin stinkwütend. G. ist stinkwütend, weil er nicht versteht, warum ich ihm eine Szene mache.

Wir wechseln drei Tage lang keine Nachricht, ich sage mir, dass G. den Bogen jetzt aber wirklich überspannt hat, und zugleich weiß ich, dass alles weitergehen wird wie bisher.

G. schildert seine Frau als überhebliche und kaltherzige Person, die niemanden leiden kann außer sich selbst und ihn. Angeblich ist sie stolz darauf, dass sie keine Freundschaften braucht. Schmeichelt ihm seine Sonderstellung bei ihr so sehr, dass er nicht von ihr lassen kann, obwohl er ihre Kaltherzigkeit verurteilt? Ist die Zuneigung einer Menschenfeindin kostbarer als die Zuneigung einer Person mit sympathischem Sozialverhalten?

Nein, es geht doch nicht weiter wie bisher. Genau genommen ist es noch nie weitergegangen wie bisher. Genau genommen ist das Stück Kuchen, das G. für mich reserviert hat, immer kleiner geworden im Lauf der Zeit. Nach jedem Streit habe ich an Terrain verloren. G. weiß inzwischen, dass ich wiederkomme. Er weiß, dass ich ihm erhalten bleibe. Wenn ich ihn nicht verlieren will, muss ich Zugeständnisse machen, mich bescheiden.

Was ich ja tue. Ich bin inzwischen so weit, dass ich mit einem bescheidenen Arrangement zufrieden wäre. Womit ich nicht zufrieden bin, ist die Tatsache, dass nicht einmal dieses bescheidene Arrangement eingehalten wird. G. verstoßt gegen die Auflage, mir Erwähnungen seines Ehealltags zu ersparen. G. schreibt einen Tag lang keine einzige SMS, weil das Ehepaar G. zu sehr damit beschäftigt ist, ein befreundetes ausländisches Ehepaar in der Bundeshauptstadt herumzuführen. Zwei Ehepaare auf Stadtbummel, wie schön. G. verdreht die Augen, als er später davon spricht, er will den Eindruck erwecken, als seien alle diese Ehepaar-Unternehmungen nichts als eine lästige Pflicht für ihn, aber immerhin nimmt er sie so ernst, dass er nicht einmal dazu kommt, mir eine kleine Botschaft zu senden. Wenn das so weitergeht, kann ich mir selber zärtliche SMS schicken, ich muss mir bloß ein zweites Handy kaufen. Warum auch nicht? Ich kann mir Blumen schenken, Geld geben, gut zu mir sein, und, nebenbei, meine SMS wären noch witziger, liebevoller und einfühlsamer als die von G., vielleicht sogar noch erotischer – aber machte mich das autonom? Oder wäre es nur eine milde Version von Autismus?

Es hat sich herausgestellt, Joe wäre doch bereit, über mein Geburtsdatum hinwegzusehen. Mehr als bereit. Aber Joe ist kein Verführer. Joe ist sachlich und pragmatisch. Joe sieht uns unter dem Gesichtspunkt: Zusammen wären wir mehr als einer. Das heißt nicht, dass er nicht verliebt ist in mich. Joe will ja nicht irgendeine zweite, um mit ihr nicht einsam zu sein, sondern mich. Mit mir wäre er nicht einsam.

Ich mit ihm schon. Joe braucht keine romantischen Inszenierungen. Ich schon. Er glaubt wahrscheinlich, es ist anständig und taktvoll von ihm, dass er mich nicht verführen will, damit ich mich mit klarem Kopf entscheiden kann. Ich will mich jedoch nicht mit klarem Kopf entscheiden, ich will den Kopf verlieren.

Manchmal denke ich mir, ich muss mich gar nicht wundern über G.s Verhalten, G. verhält sich zu mir so wie ich mich zu Joe, das sollte mir bekannt und nachvollziehbar sein.

Joe sucht meine Nähe, er hat Sehnsucht nach mir, wenn ich nicht bei ihm bin. Ich habe keine Sehnsucht nach Joe. Ich nehme seine Gesellschaft hin, wenn sie sich ergibt, sie ist mir zeitweilig angenehm, aber nicht mehr.

Ich kann Joe nicht riechen. Joe riecht nach nichts. G. riecht auch nicht wirklich nach sich, er riecht nach einem teuren After Shave, so wie ich nicht nach mir rieche, sondern nach Parfum. Ich liebe G.s After Shave, ich liebe G.s After Shave an G., G. geht mir unter die Nase. Vielleicht sollte ich Joe einmal ein After Shave schenken.

G. habe ich seit zwei Monaten nicht gesehen, er ist auf Reisen, mit seiner Frau. G. und seine Frau machen neuerdings immer öfter teure Reisen, sie können es sich leisten. G. flucht zwar einerseits, dass er durch seine Abwesenheit Aufträge sausen lassen muss, andererseits hat er sowieso beschlossen, leiser zu treten. Nein, seine Frau hat beschlossen, dass er leiser tritt. Sie selber hat ihre Lederwarengeschäfte verpachtet und sich mehr oder weniger zur Ruhe gesetzt, um ihren Reichtum endlich zu genießen. Da muss G. mitziehen. Wenn sie die Parole *Genießen!* ausgibt, bleibt G. gar nichts anderes übrig, als in die Genuss-Startlöcher zu steigen.

G. ist also immer öfter immer länger abwesend, und ich fange an, mit seiner physischen Präsenz kaum noch zu rechnen. Trotzdem brauche ich seine Lebens- und Liebeszeichen, die täglichen SMS, eine E-Mail dazwischen, ein Anruf von irgendwo. Ich weiß nicht, wie er es anstellt, mich anzurufen, ohne dass seine Frau es merkt, es interessiert mich auch nicht.

G. wird mehr und mehr zum Phantom, und ich frage mich, ob ich noch G. liebe oder nur noch die Vorstellung, in ihn verliebt zu sein. Leider kann ich mir nicht vorstellen, in Joe verliebt zu sein. Vielleicht könnte ich es, wenn Joe weit weg wäre, aber Joe pfuscht mir mit seiner körperlichen Anwesenheit dazwischen.

Ich liebäugle mit dem Gedanken, auch G.s körperliche Anwesenheit nie mehr zu brauchen, vielleicht mag ich ihn gar nicht mehr berühren, wenn er zurück ist, ich verliere die Erinnerung daran, wie er sich anfühlt und wie es sich anfühlt, wenn er mich berührt.

Wenn ich mit G. ausgehe, zahlt G. für uns beide. G. duldet nicht, dass ich meinen Teil der Rechnung oder gar einmal die ganze Rechnung übernehme. Wir gehen in teure Lokale und bestellen, ohne die Preise auf der Speisekarte zu beachten. Wir lassen es uns gut gehen. G. sorgt dafür, dass es uns gut geht. Ich lasse es mir auch allein nicht schlecht gehen, trotzdem freue ich mich, dass G. für einen schönen Abend mit mir keine Kosten scheut.

Wenn ich mit Joe essen gehe, bezahlen wir jeder für sich, manchmal laden wir einander auch ein, wechselweise. Das ist im Prinzip in Ordnung, eigentlich ist es sogar mehr in Ordnung als G.s altmodische Kavaliergesten, weil es viel mehr meinen Grundsätzen entspricht.

Wie kommt es, dass ich Joe seine Knausrigkeit (denn so nenne ich sein Verhalten bei mir) übelnehme und G.s von mir so genannte Großzügigkeit so sympathisch finde?

Joe wirtschaftet überlegt. Wenn ich mich mit Joe auf eine Lebenspartnerschaft einließe, käme mir sein vernünftiges, maßvolles Wirtschaften möglicherweise zugute. Mit Joe kommt man auf sicher auf einen grünen Zweig, mit G. hingegen wahrscheinlich nur in teure Lokale. Ich frage mich, ob es mir nicht einfach lieber ist, in teure Lokale zu kommen.

Nicht, dass ich G. dazu brauche. Ich kann mir teure Lokale auch ohne G. leisten, ich gehe mit Freundinnen ebenfalls Champagner trinken. Aber mit G. ist es genussvoller. Erstens, weil ich dann G.s Gesellschaft habe, und außerdem, weil mir G. ein Prinzessinnengefühl gibt, indem er die Rechnung übernimmt und so tut, als wäre Sorglosigkeit mein Geschäft.

Mit Joe kann ich nicht teuer essen gehen, nicht einmal, wenn ich ihn einlade, denn Joe ist Verschwendung an sich ein Gräuel.

G. ist ein Genussmensch. Joe nicht. Mit G. bin ich ebenfalls ein Genussmensch. Mit Joe bin ich jemand, dem der sorglose Genuss vermiest wird.

Das ist ja wahnsinnig!, sagt Joe nach einem Blick auf die Speisekarte. Gerade dass er mir nicht vorrechnet, wie viel Zinsen das Geld auf der Bank tragen würde, das er hier in Jakobsmuscheln, getrüffeltes Erdäpfelpüree und Basilikumpesto investieren soll. Um das, was die für ein Glas Riesling verlangen, kaufe ich mir in der Weinhandlung eine ganze Flasche und trinke sie daheim, sagt Joe.

Mir ist aber gerade nicht nach Daheimtrinken, sage ich.

Mir auch nicht, sagt Joe, aber wer sagt, dass wir ausgerechnet hier trinken müssen?

Ich. Ich würde es sagen, wenn ich mehr Lust hätte, mit Joe zu streiten.

G. ist ein Genussmensch, das hat nicht nur eine gute Seite. G. genießt rücksichtslos, er genießt mich und das Geld seiner Frau, er denkt nicht daran, sich einzuschränken. Im Bett ist er allerdings nicht egoistisch, er nimmt sich nie mehr, als er gibt, er achtet darauf, dass auch ich voll *auf meine Rechnung* komme.

Ich halte es für möglich, dass Joe als Liebhaber ebenfalls Talente entfalten würde, die denen G.s nicht nachstehen. Von seiner Abneigung gegen verschwenderisches Geldausgeben auf eine sexuelle Genussunfähigkeit zu schließen, wäre allzu simpel.

Allerdings habe ich keine Lust herauszufinden, wie Joe als Liebhaber ist. Keine Lust auf Streit, keine Lust auf Liebe. Mit Joe bin ich lustlos. Und irgendwie fürchte ich, dass sein Nachrechnen, sein Pragmatismus, seine Nüchternheit einem rauschhaften Genuss beim Sex ja doch im Wege stehen.

G. hat mir übrigens schon lange kein Geld mehr gegeben. Das ist schade, weil ich mir gern ein Abschiedsgeschenk von ihm kaufen würde. Es geht mir nicht ums Geld, sondern um die Symbolik, ich kann mir ein Abschiedsgeschenk von ihm nur mit seinem Geld kaufen, der Selbstbetrug hat Grenzen.

Ich weiß nicht, wie ich reagiere, wenn G. wieder da ist, kann sein, dass ich mich wie eh und je an ihn drücke, im Café unterm Tisch nach seiner Hand, seinem Oberschenkel fasse, mein Bein um seines schlinge, meinen Oberschenkel seinen suchenden Fingern entgegenstrecke.

Aber trotzdem hätte ich gern ein Abschiedsgeschenk, für alle Fälle. Ich würde es mir vorläufig nur aufheben, möglicherweise noch lange, doch ich möchte es zur Hand haben, wenn es einmal so weit sein sollte.

2.

G.s Herzinfarkt. Ich behaupte gern, ohne seinen Herzinfarkt wäre möglicherweise alles noch ganz anders gekommen. Daran würde ich gern glauben, obwohl ich weiß, dass es vermutlich nicht stimmt. Ich sage es aber vor anderen, wenigstens die anderen sollen glauben, dass es so ist, anders kommen hätte können, anders gekommen wäre, wenn nicht.

Ich kehre von einer Dienstreise zurück (ich habe nämlich einen Beruf, auch wenn es so aussieht, als sei G. mein Beruf, ist das nicht der Fall, ich habe einen richtigen, echten, vernünftigen Beruf, der mir Geld bringt und von dem ich lebe), ich kehre von einer Dienstreise zurück und auf meinem Handy, das ich einschalte, kaum dass ich das Flugzeug verlassen habe, finde ich eine SMS: *bin im spital, bitte nicht erschrecken. ruf meine schwester an.*

Ich rufe G.s Schwester an, sie ist mäßig freundlich.

G. hatte einen Herzinfarkt. Ich war nicht unter denen, die sofort verständigt wurden, die sich um sein Krankenbett scharten, denen berichtet wurde, wie es mit seinem Herzen aussieht.

Seine Schwester gibt knapp Auskunft, nicht widerwillig, sondern in einem Ton, in dem man eben mit Außenstehenden spricht.

G. hat ein enges Verhältnis zu seiner Schwester, sagt G., sie ist immer bedingungslos auf seiner Seite, sie weiß von seinen früheren Abwegen und Amouren, sie weiß auch von mir. Was weiß sie von mir? Ich habe geglaubt, sie weiß, wie wichtig G. und ich einander sind, aber ihrem Ton nach denkt sie anscheinend nicht, dass ich G. wichtig bin, und ich frage mich, ob das ein Missverständnis ihrerseits oder darauf zurückzuführen ist, dass G. mich ihr gegenüber als nicht so wichtig dargestellt hat. Eine kleine Affäre. Du weißt schon.

Nein, ich sehne mich nicht danach, an G.s Krankenbett zu sitzen, ihm frische Pyjamas zu bringen und Obst zu besorgen, seine Schmutzwäsche mit nach Hause zu nehmen, ihm nasse Waschlappen auf die Stirn zu legen. Ich bin sogar bis zu einem gewissen Grad erleichtert, dass das Pflegen nicht an mir hängen bleibt. Würde es an mir hängen bleiben, ich würde G. liebevoll umsorgen, ihm einen Liegestuhl in den Garten stellen, frische Getränke daneben, Gemüsecremesuppen (ohne Obers!) für ihn kochen. Aber ich bin auch nicht betrübt, dass mir diese Liebesdienste verwehrt sind. Rekonvaleszente sind mit Umsicht zu behandeln und mit Nachsicht zu ertragen, das ist nichts, worum ich mich reiße.

Seit dem Herzinfarkt ist G. oft mieselsüchtig. Was willst du von mir, ich bin ein kranker Mann. Er reißt Witze über sein vermutlich baldiges Ende, doch seine morbiden Phantasien haben in Wirklichkeit nichts Scherzhaftes. Er nimmt sich als beschädigt und unzulänglich wahr, das dämpft seine Libido. Ich stelle für ihn einen Leistungsdruck dar, dem er, wie er glaubt, nicht mehr genügen kann. Ich habe Angst, dass er sich noch mehr in sein eheliches Nest zurückzieht, in dem ihm keine Leistung abverlangt wird, wo kein – vergebliches – Begehren seinem Blutdruck schadet, wo Friede, Freundschaft und Kamillentee angesagt sind.

Ich glaube nicht, dass G.s Frau von mir weiß. Meine Freundinnen sagen manchmal: Für sie muss es auch nicht leicht sein. Du glaubst doch nicht, dass sie ahnungslos ist. Aber genau das glaube ich. Sie weiß bestimmt nichts von mir. G. ist zu vorsichtig. G. verbringt zu wenig Zeit mit mir. An ihrer Stelle würde ich mir denken (sofern mich an ihrer Stelle überhaupt jemand auf die Idee bringen könnte, darüber nachzudenken, ob G. eine Geliebte hat): Wo sollte sich denn eine Geliebte in seinem Zeitplan unterbringen lassen? Mit so wenig gibt sich doch keine zufrieden.

Sie weiß nicht, dass ich mich mit so wenig zufrieden gebe.

Aber kein Sex? Hätte ihr das nicht zu denken geben müssen? Falls es stimmt. G. sagt, sie war nie sonderlich an Sex interessiert. Auch das wäre möglich.

Ich will gar nicht wissen, was G. sonst noch getan hat oder tut. Was er mit wem treiben könnte. Was er mit seiner Frau treibt. Ich forsche nicht nach. Ich frage nicht. Ich verdränge Ungereimtheiten. Nie würde ich sagen: Aber du hast doch gesagt, du warst, und jetzt sagst du …

Ich will ihm nichts nachweisen. Was hätte ich davon? Mittlerweile verstehe ich Ehefrauen, die angeblich nichts gemerkt haben, obwohl doch längst offensichtlich war, dass etwas nicht stimmte.

Das muss sie doch gespürt haben. Es muss ihr doch was aufgefallen sein!

Vielleicht. Aber was hätte sie tun sollen?

Vielleicht wollte sie nicht, dass ihr klar würde, sie müsste sich eigentlich von ihm trennen. Vielleicht wollte sie nicht riskieren, dass *er* sich trennte. Ihn nicht in die Arme der anderen treiben. Ihn nicht unter Druck setzen: *Wenn du mich liebst, dann muss du ihr abschwören*. Was sind solche Schwüre schon wert?

Aussitzen. Durchtauchen. Warum nicht?

In unserer Dreiecksbeziehung (vielleicht hat sie auch mehr Ecken, aber ich konzentriere mich auf die, von denen zu wissen mir nicht erspart bleibt), in unserer Dreiecksbeziehung ist nicht G.s Ehefrau diejenige, die verdrängt. Ich bin das. Ich stelle mich blind und taub wie eine Ehefrau.

Die Zeiten des *Entweder-Oder*! gehen ja vorüber. Die dauern nur so lange, wie man noch ein Oder vor sich sieht.

Welches Oder könnte ich vor mir haben? Ich sehe keins. Ich bemühe mich durchaus, eins zu erspähen, ich bin gesellig, umtriebig, Kuppelversuchen wohlmeinender Freundinnen und Freunden gegenüber aufgeschlossen, von mir aus könnte man viel öfter versuchen, mich zu verkuppeln.

Aber es kommt nichts dabei heraus. Ich treffe ehrenwerte, freundliche, gebildete Männer von keineswegs abstoßendem Äußeren, und sie lassen mich kalt. Es fehlt ihnen G.s Temperament oder sein Wortwitz oder sein Sarkasmus oder seine Lebensfreude oder seine Warmherzigkeit hinter der Kerlfassade. Sie sind freundlich, aber nicht warmherzig. Sie sind gebildet, aber langweilig. Sie sehen passabel aus und gleichzeitig so, als wäre ihnen ihr Körper gleichgültig. Wenn er ihnen schon gleichgültig ist, warum sollen sich dann andere – zum Beispiel ich – dafür begeistern? Wenn ihnen ihr eigener Körper nichts bedeutet, wie werden sie dann mit meinem umgehen? Sie sind anständig, aber uninteressant. Sie sind Joe.

G.s *eigentliches* Leben ist ein Leben zu zweit. Längere Zeit habe ich mir vorgemacht, das Leben, das er ohne mich führt, ist zwar ein Leben ohne mich, aber auch eins ohne seine Frau. Ich habe mir vorgestellt, seine Frau hat im Grunde nicht mehr von ihm als ich, er ist bei ihr kaum öfter als bei mir, das war mir ein Trost, zumal ich mir erwartet habe, dass sich seine Präsenz zu mir verlagern wird. Stattdessen wurde ich mehr und mehr ausgelagert, und G. ist inzwischen ein richtiger, daheim präsenter Ehemann, der seine Freizeit mit seiner Frau verbringt. Ich tue mir schwer damit, mir das einzugestehen, ich habe lange gebraucht, bis ich wahrhaben wollte, dass er eine richtige, ordentliche Ehe führt, ich habe ihn kennengelernt als vermeintlich einzelgängerischen Wolf, und das stimmte insofern, als seine Ehe damals in einer Krise war. Sagt er. Nur dass seine Frau, wie ich heute zu wissen glaube, von der Krise gar nichts wahrnahm. Sie war so beschäftigt mit ihren Geschäften, dass sie gar nicht die Zeit hatte, eine Krise wahrzunehmen. Sie hatte ihre Ehe samt G. offenbar auf Eis gelegt, in der sicheren Überzeugung, jederzeit darauf zurückgreifen zu können, so, wie man ein Stück tiefgekühltes Fleisch aus der Gefriertruhe holt, sobald man es zubereiten möchte. Und sie hatte recht.

Wir leben getrennt, sagte G. am Anfang. Dann: Wir leben nur noch nebeneinanderher. Und: Es ist alles freundschaftlich geklärt.

Es hörte sich an, als wäre das Ablaufdatum seiner Ehe geklärt, aber tatsächlich war lediglich ausgemacht, dass man einander die Freundschaft nicht aufgekündigt hatte, auch wenn das Zusammenleben auf Eis lag.

Jetzt ist es wieder aufgetaut, und G.s Frau führt ein strenges Regiment. Sie hält G. an der kurzen Leine. Ich hasse ihn dafür, dass er bei ihr pariert wie ein wohlerzogener Hund. Vor allen anderen kehrt er das virile Alphatier heraus, aber wenn sein Frauli pfeift, geht er bei Fuß. Was hat sie, was wir anderen nicht haben? Die despotische Energie einer Erbarmungslosen? So schildert er sie, in Andeutungen. Das imponiert ihm?

Vielleicht ist sie ja ganz anders. Ich sehe sie durch die Brille, die er mir aufsetzt. Ich kann nicht behaupten, dass er kein gutes Haar an ihr lässt, aber die schlechten Haare, die sie seinen Skizzen zufolge haben muss, reichen aus, sein Fremdgehen gewissermaßen moralisch zu rechtfertigen.

Würde ich mir leichter tun, wenn ich sie sympathischer fände? Ich weiß es nicht. Im Moment will ich mich lieber ärgern, dass G.s Loyalität – ich habe beschlossen, G.s Festhalten an seiner Ehe für an sich lobenswerte Loyalität zu halten – einer mir so unsympathischen Frau gilt.

In seinem eigentlichen Leben ist G. auch Vater, Stiefvater und Stiefgroßvater. Manchmal kommt G. von einem Familienessen, er erwähnt es nebenbei und bricht gleich wieder ab, wenn er mein erstarrendes Gesicht sieht. Sofort muss ich die Vorstellung von G. im Kreise seiner Nachkommen und den Nachkommen seiner Frau abwehren, aber leider gelingt es mir nur mangelhaft. Seine eigenen Nachkommen nehme ich G. nicht übel, sie sind aus einer ersten Ehe, die längst Geschichte ist. Aber dass er – ungeachtet seiner sonstigen Eitelkeit, die ihn nie über sein Alter sprechen lässt – fallweise den gutmütigen Opa für den Nachwuchs seiner Frau abgibt, dokumentiert wesentlich mehr Solidarität mit ihr, als mir lieb ist.

Ich stelle mir vor, wie seine halbwüchsigen Stiefenkel nur den Mann ihrer Großmutter in G. sehen, einen freundlichen älteren Herrn, dem man nix Erotisches mehr zutraut. Wie würden sie es finden, wenn sie wüssten, dass sich die Liebessehnsüchte einer fremden Frau auf ihn richten? Saukomisch, wahrscheinlich. Und unverständlich.

Ich betrachte G. mit den Augen seiner Stiefenkel und fühle mich mies und ausgeschlossen, weil er in ihren Augen ganz klar zu ihrer Großmutter gehört und basta.

Wir leben getrennt, sagte G. am Anfang. Wir leben nur noch nebeneinanderher. Es ist alles geklärt. Wir sind nur mehr gute Freunde.

Es hörte sich überzeugend an. Vielleicht hat es damals ja auch gestimmt, genauso. Vielleicht war G. tatsächlich auf dem Absprung aus seiner Ehe. Vielleicht hätte es nur eines kleinen Anstoßes bedurft, des richtigen Worts, der richtigen Tat zum richtigen Zeitpunkt meinerseits, und G.s Frau hätte keine Chance gehabt, ihre gefrostete Ehe aufzutauen. Vielleicht habe ich es verbockt. Hätte ich einfach energischer auf meinen Rechten bestehen sollen? (Ich glaubte nicht, irgendwelche Rechte zu haben, damals, dazu kannte ich G. nicht lang genug, dazu liebte G. mich nicht lang genug, in meinen Augen. Überhaupt tue ich mir schwer damit, auf Rechte zu pochen. Vielleicht ist das mein grundlegender Fehler.)

Ich frage mich, immer einmal wieder: Was habe ich verabsäumt? Wo war die entscheidende Weiche, die ich hätte stellen müssen, ab wann haben sich die Dinge gegen mich entwickelt?

Ich habe auch G. schon gefragt. Habe ich etwas falsch gemacht? Hatte ich eine Chance und habe sie nicht wahrgenommen?

G. bestreitet es. Auf Ultimaten reagiere er prinzipiell störrisch. *Sie oder ich*, das wäre kein Erfolgsrezept gewesen, nicht bei ihm.

Trotzdem bleibe ich zweifelnd. Klar, dass G. sein Verhalten rechtfertigt, vor mir, und vor allem vor sich selber. Es passt, wie es ist. Kein Grübeln, keine Selbstvorwürfe. G. hat sich von seiner Frau wieder in die Pflicht nehmen lassen, er ist den bequemen Weg des geringsten Widerstands gegangen, das macht ihn vielleicht nicht himmelhoch jauchzend glücklich, setzt ihn aber offensichtlich auch nicht unter Leidensdruck – warum sollte er sich den Kopf zerbrechen, wie es wann und warum anders kommen hätte können? G. kann und will sich keine Alternative vorstellen, aber das heißt nicht, dass es diese Alternative tatsächlich nie gegeben hat.

Hätten wir uns nur früher getroffen!, seufzt G. von Zeit zu Zeit, das ist die einzig denkbare Alternative, die er zulässt, und ich werde niemals herausfinden, ob er es sagt, um mich zu trösten oder ob er wirklich bedauert, nicht mit mir zu leben.

G. hat keinen Leidensdruck, sage ich mir, ganz nüchtern und ohne Mitleid mit mir. Es gelingt mir nicht, meine Sicht der Dinge so einzufärben, dass sie mir schmeichelt und mein Selbstbewusstsein hebt.

Manche meiner Freundinnen würden das ganz anders handhaben, *G.*, würden sie sagen, aus voller Überzeugung, wenn sie in meiner Lage wären, *G. leidet bestimmt noch mehr als ich, der Arme.*

Und auch zu G. würden sie sagen, dass er sich endlich eingestehen solle, wie sehr er leide, und dass er die Konsequenzen daraus ziehen müsse. *Ich weiß*, würden sie sagen, *dass du mich mehr liebst als sie, ich weiß, dass du in Wahrheit weißt, du gehörst zu mir.*

Sie würden *wissen*, dass G.s Gefühle sich letztlich an ihre Vorgaben halten würden. Mein Problem ist, dass ich nicht weiß, was ich von G.s Gefühlen zu halten habe. Mein Problem ist, dass ich mich nicht traue, G.s Gefühlen etwas vorzuschreiben.

Meine Freundinnen würden G.s Gefühle so lange bearbeiten und behämmern, bis sie erreicht hätten, was sie erreichen wollten und G.s Gefühle tun würden, was sie ihnen anschaffen. Sie würden erreichen, dass G. tun würde, was sie ihm anschaffen.

Ich bin keine Anschafferin. Sie wären überzeugt von ihrem Wissen um G.s Gefühle und Bedürfnisse. Überzeugung steckt an. Am Ende wäre auch G. überzeugt. Mir fehlt es an Überzeugung. Ich bin keine Überzeugungstäterin. Ich bin keine Täterin. Ich reagiere. Ich hasse mich dafür.

Ich höre eine Radiosendung über Nanopartikel und überlege, vielleicht sind wir nur Nano-Partikel in einem riesigen Organismus? Vielleicht ist unser ganzes Sonnensystem nur eine Formation von Nanopartikeln in einem unvorstellbar riesigen Organismus? Die Idee amüsiert mich. Ich male mir aus, ich bin winziges Teilchen in einer riesigen

Frau, die einen Lover hat, der eine Ehefrau hat, und diese riesige Frau ist wiederum ein winziges Teilchen in einer noch riesigeren Frau, die einen Lover hat, der eine Ehefrau hat … Und immer so weiter.

Wie ein Blick auf ein Bild, das einen Menschen zeigt, der auf ein Bild schaut, das einen Menschen zeigt, der auf ein Bild schaut und so fort ohne Ende.

Lächerlich.

Unentwegt gebe ich dem Schicksal die Chance, mir einen über den Weg zu schicken, der das Potenzial hätte, G. zu entthronen. Aber das Schicksal nimmt seine Chancen nicht wahr. Zum Beispiel reise ich beruflich viel. In jedem anständigen Drehbuch wäre vorgesehen, dass ich auf einer meiner Reisen einem spannenden Mann begegne. Zum Beispiel fliege ich nach Zürich, einem Ort, der gebieterische, erfolgreiche, wirtschaftlich potente Männer anziehen müsste, und es wäre naheliegend, dass ich im Flugzeug neben so einem zu sitzen und ins Gespräch käme, und wäre mein Leben ein Film, wäre er obendrein Single und an mir interessiert (und charmant und nicht nur wirtschaftlich potent). Gebieterische, erfolgreiche, wirtschaftlich potente Männer mögen ihre Macken haben, aber das Schicksal könnte mich ruhig ausprobieren lassen, ob ich damit zurechtkäme. Stattdessen lande ich neben einer übellaunigen Frau mit strähnigen Haaren, die die Stewardessen anbellt.

Für das Anbellen von Stewardessen hätte ich unter anderen Umständen sogar ein gewisses Verständnis, denn meiner Erfahrung nach sind Flugbegleiterinnen, jedenfalls auf diesen Business-Transportern von und zu den Umschlagplätzen von Geld und Macht, frauenfeindliche Luder, deren Aufmerksamkeit man nachdrücklich einfordern muss, damit sie einem zwischen all dem Gegurre, mit dem sie die männlichen Passagiere umschmeicheln, auch einmal einen Drink vorbeibringen. (Wahrscheinlich träumen sie ebenfalls davon, einen Goldesel abzustauben, wenn sie sich nur tüchtig anstrengen.)

Aber gerade auf diesem einen Flug nach Zürich, auf dem die Frau mit den strähnigen Haaren neben mir sitzt, sind die Stewardessen ausgesprochen freundlich, weshalb ich mich innerlich sofort mit ihnen solidarisiere und eine mentale Proletarierfront aufbaue, von der die mit den strähnigen Haaren freilich nichts merkt. Was für eine Ressourcenvergeudung vom Schicksal, mich und meinen Zürich-Flug mit diesem Reinfall von einer Sitznachbarin zu koppeln.

In manchen Tiergärten setzt man Beutesimulatoren ein, um Raubtiere bei Laune und Jagdlust zu halten. An einem Schlepplift wird Fleisch durchs Gehege gezogen, und die Raubkatzen müssen hinterher sprinten, um es erwischen.

Ob mir ein Beutesimulator helfen würde? Simulierte Beute statt G., damit ich abgelenkt werde von G.? Ein künstlicher G., geruchsimprägniert vielleicht, ausgelegt wie ein Köder und doch nicht fassbar, damit ich in Bewegung bleibe, statt mich zu verkriechen und meine Wunden zu lecken?

Denkfehler. Die Sache hätte nur dann einen Sinn, wenn die künstliche Beute kein Abbild von G. wäre, andernfalls könnte ich gleich dabei bleiben, vergeblich hinter G. herzujagen. Und natürlich dürfte die inszenierte Jagd nicht vergeblich sein. Die Geparde im Zoo bringen das Fleischstück ja schließlich auch zur Strecke, nur wissen sie nicht, dass es längst zuvor schon zur Strecke gebracht wurde und sie ein totes Tier erlegen.

Übersetzt hieße das, ich erbeute einen spannend aussehenden Mann, und am Ende entpuppt er sich als leblose Materie, als Weichei, als Schattenparker, als Joe.

Nein, danke.

Ich gehe mit einem spannend aussehenden Mann Kaffee trinken, keine Simulation, ganz real. Wir haben gelegentlich miteinander zu tun, als politisch Engagierte, wir engagieren uns beide für ehrenwerte Ziele der Zivilgesellschaft, deshalb trinken wir jetzt Kaffee miteinander, um uns in unseren Zielsetzungen zu bestärken oder so ähnlich. Ich gebe zu, dass meine Bereitschaft zum Gedankenaustausch vielleicht schwächer wäre, wenn ich diesen Mann weniger attraktiv fände, er ist nicht nur klug, sondern auch physisch bemerkenswert, interessantes Gesicht, zerfurcht zwar, aber nicht schlaff, athletische Schultern, aufregende Stimme. Keine Ähnlichkeit mit G. Ich bin nicht auf G. fixiert.

Der Mann und ich sitzen im Kaffeehaus und reden gescheit daher, nicht alles, was er sagt, findet meine Zustimmung, manches erscheint mir nicht durchdacht genug, aber mein Wohlwollen ihm gegenüber macht mich nachsichtig, geduldig erkläre ich ihm meinen Standpunkt, auf dem ich anderen gegenüber längst harsch und kurz angebunden beharren würde. Die ganze Zeit bin ich jedoch überzeugt, dass ich für diesen Mann lediglich als Gesprächspartnerin in Frage komme. Er ist prominent, von den Nebentischen wurde er gegrüßt, niemand wird mich für seine neue Freundin halten. Männer wie der haben Freundinnen, die ihre Töchter sein könnten. Wenig später erwähnt er seine Freundin, ich frage nicht, wie alt sie ist, egal, auch wenn er Single wäre, wäre ich keine Option für ihn, ich werde mich jedenfalls hüten, mich lächerlich zu machen, indem ich ihm zeige, dass er mich interessiert, als Mann, nicht nur als Gesprächspartner.

Meine Fixierung auf G. ist auch Resignation. G. ist in meinen Augen meine letzte und einzige Chance, der Einsamkeit – oder einer Einsamkeit mit einem Joe – zu entkommen.

Männer, die das Potenzial hätten, mir G. auszutreiben, sind solche, deren Eroberung ich mir nicht mehr zutraue, und die, die ich meiner Einschätzung nach erobern könnte, sind tote Materie, simulierte Beute an einem Schlepplift.

G. verhält sich zu mir so wie ich mich zu Joe? Nein! Falsch! Ich war mit Joe noch nie im Bett. Ich habe Joe noch nie gesagt, dass ich ihn liebe. Das muss doch einen Unterschied machen. Das muss G. doch so meinen, wenn er sagt, stöhnt, schreibt, schreit: Ich liebe dich.

Ich mache Joe nichts vor. Ich mache Joe höchstens vor, es könnte doch noch passieren, dass ich mich in ihn verliebe. Ich erwecke in Joe falsche (höchstwahrscheinlich sind sie falsch, aber für mich spricht, dass ich nicht einmal das mit Gewissheit behaupten kann) Hoffnungen. Es kann sein, dass Joe sich ausmalt, demnächst würde ich lustvoll stöhnen und schreien unter oder auf ihm, und möglicherweise fördere ich diese Erwartungen durch mein unentschlossenes Verhalten, aber das ist doch was anderes als G.s stürmischer, fordernder, leidenschaftlicher Umgang mit mir! Wie kann es sein, dass G. mit mir im Bett liegt und mir sagt, dass es mit mir so schön ist wie mit keiner zuvor –

glaubwürdig sagt er das, freiwillig sagt er das – und wenig später bringt er mich auf die Idee, ich wäre nicht mehr als eine Art Joe für ihn?

Wann bin ich zum letzten Mal mit G. im Bett gelegen und Lust und Leidenschaft sind mit uns durchgegangen? Ich rechne nach und stelle fest, dass es länger her ist, als ich gehofft habe. Meine Erinnerung daran scheint frisch, weil ich alles daransetze, sie frisch zu halten, aber der Kalender belehrt mich eines Schlechteren.

G. verweigert sich. Seine mieselsüchtige, lustlose Schwarzseherei nimmt nicht nur nicht ab, sondern zu. Nein, falsch, Grauseherei. G. sieht alles grau in grau. Der Fall in ein schwarzes Loch hätte wenigstens noch etwas Dramatisches, ein Potenzial an negativer Energie, die man versuchen könnte, ins Positive zu kehren. Ob es gelingen würde, ist fraglich, aber es wäre einen Versuch wert. Der grau sehende G. jedoch ist schlapp und schlaff – seelisch wie körperlich – er lässt sich nicht aufrichten, er rutscht einem unter den helfenden Händen weg, ein Körper ohne Muskeltonus, wie bewusstlos, eine Psyche ohne Saft und Kraft.

Wir gehen mit einem Freund Joes essen. Der Freund bringt seine aktuelle Lebensgefährtin mit, um 25 Jahre jünger als er. Ihretwegen hat er seine altgediente gleichaltrige Ehefrau versetzt, sich mit seinen erwachsenen Kindern verkracht und einen Teil seiner langjährigen Freunde verloren. Joe findet es verständlich, dass einem der zarte Schmelz der Jugend was wert ist.

Ich betrachte die Lebensgefährtin und sehe keinen zarten Schmelz der Jugend an ihr. Sie ist farblos, bar jeder erotischen Ausstrahlung, meinem Empfinden nach. Ihr Leib ist um nichts knackiger als meiner, sie ist dünn, schlaff, geschlechtsneutral. Fransige Haare in hamsterbeige. Ich habe den Verdacht, sie hat sich deshalb an einen Daddy rangeschmissen, weil sie bei den Jungen nicht ankommt.

Findest du diese Frau allen Ernstes attraktiv? Was ist an der dran? frage ich Joe hinterher.

Joe grinst verlegen.

Findest du, sie hat einen verlockenden Körper?

Naja, eine Schönheit ist sie nicht, sagt Joe.

Aber jung, was?

Ist sie doch, oder?

Und das reicht? Ihr Geburtsdatum macht sie attraktiv?

Joe grinst verlegen.

In der Jugend haben wir uns schneller, problemloser und bereitwilliger gepaart. Natürlich nicht wahllos, aber es war leichter als jetzt.

Ich verstehe schon, dass alte Männer sich von jüngeren Frauen sexuell angezogen fühlen, weil sie sich die eigene Jugend zurückholen wollen, wenn sie sich mit ihnen paaren. Aber ich begreife nicht, ob und wenn ja, wie es ihnen gelingt, sich selber als jungen Mann zu erleben, wenn sie sich mit jungen Frauen paaren. Ich würde mich nicht als junge Frau erleben, wenn ich mich mit einem attraktiven jungen Mann paarte (obwohl es mir leichter fiele, mich mit einem jungen Körper einzulassen als mit älteren, außer es geht um G.s Körper), ich würde mich in seinen Augen nicht als die junge Frau widergespiegelt sehen, die ich in meinem Kopf wäre, und das würde mich irritieren.

Ich habe keinen Stolz, ich mache mich zum Narren wegen meiner Vernarrtheit in G., ich bin wie diese unglücklichen Künstler, die sich zum Narren gemacht haben für irgendwelche unwürdigen Frauenzimmer, statt die würdigen zu beachten und zu lieben, wir kennen ihre Schicksale, bedeutende Männer, die darauf bestanden haben, unbedeutende Frauen anzubeten und an ihnen zu leiden, Frauen, die nichts vorzuweisen hatten außer dem Talent, große Künstler leiden und an sich verzweifeln zu lassen – wieso bin ich nicht die Angebetete, sondern die Anbetende? Ich bin der arme Kokoschka und G. ist meine Alma, vielleicht auch nur meine Puppe, aber leider rechtfertige ich die Preisgabe meiner Würde nicht durch große Kunstwerke, die deswegen groß sind, weil sie in meinem würdelosen Leid reifen durften wie Wein in Eichenfässern oder Käse auf Fichtenholz, mein würdeloses Leid bringt keine großen Kunstwerke hervor.

Joe will nun doch nicht mit mir schlafen, er sagt, es tut ihm leid, wenn ich mich nach ihm verzehre, aber es geht nicht. Ist er bei Trost? Weiß er nicht, wo sein Platz ist? Die ganze Zeit über habe ich ein schlechtes Gewissen, weil ich Joe hinhalte, weil er mir immer mehr auf die Nerven geht, obwohl er der ideale Kandidat wäre für ein Leben zu zweit (zumindest, wenn man es von außen und unter dem Aspekt der Vernunft betrachtet), und jetzt zeigt sich, er ist derjenige, der glaubt, ein schlechtes Gewissen haben zu müssen, weil er allen Ernstes meint, er wäre ein Gegenstand erotischer Sehnsüchte meinerseits.

Ich achte auf mein Gewicht. Ich achte nicht wegen G. auf mein Gewicht, sondern weil mir mein Selbstbild eine schmale, schlanke Frau zeigt. So kenne ich mich, so mag ich mich, so will ich bleiben. Ich weiß, dass es mich irritieren würde, im Spiegel nicht die schlanke Person zu erblicken, als die ich mich sehe, wenn ich an mich denke. (Ich weiß es, denn eine kurze Zeit in meinem Leben – sie liegt lange zurück –, als ich täglich für meine Familie kochte und mit ihr aß und schon während des Kochens aß und ständig Appetit hatte, weil ich so viel ans Einkaufen, Kochen und Essen denken musste, war ich geradezu verstört, sobald ich in den Spiegel schaute. Ich erkannte mich in der Frau, die ich sein sollte, immer weniger, weil die Frau im Spiegel immer mehr wurde.)

Allerdings würde mich G., wenn ich nicht auf mein Gewicht achtete, nicht attraktiv finden. G. selber ist nicht der Schlankste, aber er mag nur schlanke Frauen. *De gustibus.* Ich nehme es ihm nicht übel, Männer, die in Fleischmassen wühlen wollen, sind mir sowieso verdächtig.

Ich achte auf mein Gewicht. Ich bleibe schlank. Ich creme meinen Körper mit hautpflegenden Substanzen ein. Ich entferne Achsel- und Schamhaare und die Haare auf meinen Beinen. Ich zupfe meine Augenbrauen. Mein Kopfhaar ist dicht und glänzend, seine Farbe sieht *natürlich* aus und ist das Ergebnis von dreierlei kunstvoll aufgetragenen Braun- und Goldschattierungen, die sich mit meinen weißen Strähnen mischen. Ich tusche meine Wimpern. Ich gehe zur Fußpflege und lackiere meine Zehennägel.

Ich unterwerfe mich dem herrschenden Schönheitsdiktat. Ich habe nicht die Kraft, mein eigenes Schönheitsideal zu erstellen und es gegen das diktierte Schönheitsideal zu verteidigen. Ich habe nicht die Kraft, unschön zu sein nach gängigen Maßstäben. Ich habe nicht die Kraft, mich einfach – oder justament – schön zu fühlen, wenn ich den gängigen Schönheitsnormen nicht halbwegs entspreche.

Ich bin – noch – in der angenehmen Lage, über Botox nicht nachdenken zu müssen, weil meine Lippen einstweilen nicht ausschauen, als wären sie mit feinen Stichen in meinem Gesicht festgenäht, und weil sich die Furchen auf meiner Stirn in Grenzen halten. Wenn ich Glück habe, gerate ich nach meiner Mutter, die erstaunlich faltenarm blieb bis ins hohe Alter. Falls nicht, weiß ich nicht, was siegen wird, meine berechtigte Furcht vor Gift, Skalpell und Narkosen oder meine Unfähigkeit, meinen physischen Abstieg hinzunehmen.

Nein, keine Silikonbrüste und ähnliches, alles, was sich mit Kleidung, Unterwäsche und Beleuchtungszauber kaschieren lässt, bleibt unangetastet, makellos war ich nie, damit kann ich leben. Aber das bedeutet nicht, dass ich bereit bin, eine beliebige Zahl neu hinzukommender Makel zu akzeptieren. Ich will meinen Makelbestand halbwegs konstant halten oder zumindest nur in Grenzen wachsen lassen, was immer ich – unter Verzicht auf Folter und Selbstverstümmelung – verhindern oder ausbügeln kann, werde ich verhindern oder ausbügeln oder ausbügeln lassen. So viel steht fest.

Nicht alle meine Freundinnen heißen das gut. Sie kritisieren, dass ich – für G., wie sie behaupten – meinen Süßigkeitenverzehr knapp halte und stundenlang bei der Friseurin sitze. Sie reden der naturbelassenen Körperbehaarung das Wort. Sie erklären, in Würde altern zu wollen. Sie sind angeblich stolz auf ihre Falten. Sie versichern einander, dass sie mit ihrem grauen Haar – nein, *wegen* ihrer grauen Haare und ungezupften Augenbrauen (von den unrasierten Achseln ganz zu schweigen) viel schöner seien als alle die manipulierten Sklavinnen des Jugendkults. Sie sagen, wenn die Liebe ihrer Männer von ihrem jugendlichen Aussehen (oder von rasierten Achseln) abhinge, dann würden sie sich auf der Stelle von ihren Männern trennen. Sie sind sich der unerschütterlichen Liebe ihrer Männer sicher. Oder sie warten gerade wieder auf einen Mann, der sie unerschütterlich lieben wird samt Körperbehaarung und Übergewicht, das man natürlich nicht Übergewicht nennen darf, wenn man sich nicht als hohlköpfige Befürworterin der Magersucht outen will.

Ich antworte, dass ich nicht für G. bei der Friseurin sitze, sondern für mich, aber in Wirklichkeit sitze ich sowohl für mich als auch für G. bei der Friseurin. Ich möchte mir gefallen, und ich möchte G. gefallen. Ich möchte überhaupt gefallen, am wenigsten allerdings denjenigen, denen ich bloß dann gefallen würde, wenn ich allen anderen nicht gefiele.

Doch Fakt ist, ich möchte, jawohl, auch und nicht zuletzt schön sein für G., es gefällt mir, wenn ihm meine glatten Achseln und Beine, meine lackierten Nägel, mein leuchtend geschminkter Mund, meine braungesträhnte Mähne gefallen, ich spiegle mich gern in seinen begehrlichen Augen, und es stört mich nicht, dass sein Begehren von meinen glatten Beinen eher stimuliert wird als von den Spuren, die das Leben in meinem Gesicht hinterlassen hat. *Ich stehe zu den Spuren, die das Leben in meinem Gesicht hinterlassen hat!*, sagen diejenigen meiner Freundinnen, die stolz sind auf ihre grauen Haare, sie finden Lebensspuren viel interessanter als faltenlose Gesichter. Ich halte das für einen ehrenwerten Standpunkt, den ich aber ehrlicherweise nicht einnehmen kann, solange ich selber nicht allzu scharf bin auf allzu deutliche Lebensspuren an potenziellen Liebhabern (wobei mich Falten weniger stören als schlappes, wabbelndes Fleisch oder schadhafte Zähne, was meine Freundinnen aber ebenfalls nicht gutheißen, so oder so werfen sie mir verwerfliche Zugeständnisse an einen grausamen Äußerlichkeitskult vor, vielleicht ja zu Recht).

G. hat bei mir übernachtet, wir hatten schonungsvollen Sex, und danach habe ich schlecht geschlafen, während G. in tiefe Erschöpfung sank. Ich stehe früh auf, schleiche mich auf Zehenspitzen ins Bad und bin frisch und präsentabel, als G. zum Frühstück erscheint, das nahezu fertig ist. Natürlich wurde es nicht von selber fertig, das habe ich bewirkt, mit meinen fleißigen Hausfrauenhänden – den hübsch gedeckten Tisch, den heißen Kaffee, das getoastete Brot, dazu Spiegeleier und Schinken sowie Honig und Marmelade, die Marmelade appetitlich in kleinen gläsernen Schüsselchen.

Du verwöhnst mich, sagt G., damit hat er weiß Gott recht, er setzt sich, und ich lächle ihn an, wir wären eine perfekte Illustration zu einem Eheratgeber anno 1950.

Ich umflattere ihn, gieße Kaffee ein, lasse die Spiegeleier auf seinen Teller gleiten, er langt nach der Zeitung, langt nach der Marmelade, nebenbei, Marmelade tropft aufs Tischtuch, macht nix.

Bei meinen Kindern habe ich nicht nachsichtig gelächelt, wenn sie achtlos waren, kein Wunder, mit meinen Kindern habe ich täglich gefrühstückt, täglich würde ich das nicht aushalten, das Verwöhnen und das Bedienen und das Lächeln über das achtlose Sich-bedienen-Lassen.

Was wäre, wenn ich täglich mit G. frühstücken würde?

Schon gestern Abend habe ich die umsorgende Geliebte gegeben, wir haben hier bei mir gegessen, kleine Köstlichkeiten, teuer eingekauft und gefällig arrangiert, und danach hat G. sich beschwert – scherzhaft, aber mit einem wie ich fürchte ernstgemeinten Unterton –, weil er allein vorm Fernseher sitzen musste, während ich all die Tellerchen abtrug, die zu einem gefälligen Arrangement gehören, und die Reste der Köstlichkeiten im Kühlschrank verstaute.

Ich schaue mir zu, wie ich als verwöhnende Geliebte agiere, und finde mich verabscheuungswürdig.

G.s Frau verwöhnt nicht. Sie hat es nicht nötig.

Dafür geht er fremd. Na und?

G. ist ein Pascha, wer G. kriegt, kriegt einen Pascha mitgeliefert, G. und der Pascha sind ein Paket. Wer ihn hat, muss ihn entweder verwöhnen oder damit leben – wissentlich oder unwissentlich – dass er sich von einer anderen verwöhnen lässt.

Fallweises Verwöhnen ist machbar, sage ich mir, wenn man dafür Lust, Leidenschaft und große Emotionen kassiert.

Vielleicht habe ich ja ohnehin ein Problem mit Nähe. Ich erinnere mich an eine Affäre mit einem Joe, der von Berufs wegen im Ausland stationiert war. Das Schönste an dieser Beziehung waren die sehnsuchtsgeladenen Telefonate. Es tat besser, an ihn zu denken als mit ihm zusammen zu sein, es tat gut, ihn mir so zu denken, wie ich ihn haben wollte. Seine Anrufe schadeten meinen Projektionen nicht, der anwesende Mann hingegen brachte sie in Gefahr.

Andererseits lag das möglicherweise doch nur an dem Mann, der ein begabter Telefonierer, aber ein lausiger Anwesender war, letzten Endes eben ein Joe.

Fallweises Verwöhnen, sage ich mir, wäre machbar, wenn ich im Gegengeschäft mit Lust, Leidenschaft und großen Emotionen rechnen könnte. Aber kann ich denn noch damit rechnen?

Die Beziehung zu G. ist die erste, die überhaupt materielle Früchte abwirft. Bescheidene Früchte, nicht zu vergleichen mit dem, was meine erfolgreich verheirateten Freundinnen selbstverständlich zu verlangen gewohnt sind und auch selbstverständlich bekommen. G. schenkt mir keinen hochkarätigen Gattinnenschmuck von teuren Juwelieren, was ich mir um sein Geld kaufe, wird zwar von meinen erfolgreich verheirateten Freundinnen durchaus bewundert, fällt aber unter modische Gebrauchsware, jedenfalls in ihren Augen. Meine Beutestücke sind manchmal aus dünnem Gold, öfter aus Silber, dazu aus Halbedelsteinen, Schaumkoralle, Bergkristall und Bernstein, auch aus Kupfer, Stahl und Glas, originell in der Form. Ihre sind schwer golden, mit Saphiren, Rubinen oder Brillanten bestückt, *klassisch* verarbeitet, jedes Stück eine kleine Kapitalanlage.

In letzter Zeit kaufe ich ziemlich viel bunten Tand und erkläre ihn zu Geschenken von G. Ich rechne nicht nach, wie oft ich die Summe, die G. mir letztens zugesteckt hat, in diesem Monat schon ausgegeben habe, um hinterher zu sagen: Hat mir G. geschenkt.

Ich bin eine geliebte Frau, die mit Schmuck überhäuft wird. So sollen mich die anderen sehen. So will ich mich selbst sehen.

Mit den Edelmetall-Gratifikationen, die meine erfolgreich verheirateten Freundinnen zu Jahres- und sonstigen Festtagen einstreifen, hat der Schmuck, mit dem mich G. angeblich überhäuft, wenig zu tun. Gut so.

Ich habe immer für mich selber gezahlt, mit meinem selbst verdienten Geld. Ich habe meine Kinder allein erhalten. Ich hatte einen Ehemann, aber er war wirtschaftlich nicht sehr tüchtig, im Grunde konnte ich von Glück reden, dass er wenigstens sich selbst finanzierte und mir nicht auch noch auf der Tasche lag. Ich nahm es ihm nicht übel. Klaglos habe ich ein Leben lang selbständig für mich gesorgt. Nie habe ich von spendablen Kavalieren geträumt, schließlich wollte ich mich nicht der Hurerei hingeben, und all das Gerede vom reichen Märchenprinzen, mit dem die finanziellen Sorgen ein Ende hätten, war in meinen Ohren nichts als ein Loblied auf die Prostitution.

Und jetzt G. Er bietet mir nichts, was ich mir nicht selbst leisten könnte, er zahlt meine Miete nicht, er schenkt mir kein Auto, keine teuren Urlaube, nichts, was meinen Lebensstandard anhaltend hebt, er schenkt bloß gelegentlich die Illusion von Luxus, von Sorglosigkeit, von Überfluss. Als Illusion kann ich das Geschenk der Sorglosigkeit annehmen.

Ich mache mir nichts aus Geld an sich, aber viel aus dem, was Geld verschaffen kann. Ich bin nicht bescheiden. Ich bin nicht anspruchslos. Ich konnte nie mit *ganz wenig Geld auskommen*. (Menschen, die von sich behaupten, dass sie mit ganz wenig Geld auskommen könnten, haben es in der Regel nie probieren müssen. Menschen, die von sich behaupten, dass sie nur ganz wenig Geld brauchen, haben meistens ganz viel davon und definieren ganz wenig Geld ganz anders als diejenigen, die wirklich wenig haben. Außerdem *brauchen* sie tatsächlich wenig, weil sie alles, worauf andere mühselig sparen müssen, längst besitzen.)

Ich weiß, dass ich Geld brauche. Ich habe keine Lust nachzudenken, ob ich mir Bücher, Konzertkarten, Abendessen in schicken Lokalen und eine behaglich temperierte Wohnung leisten kann, ich delegiere das Putzen meiner Wohnung und das Bügeln meiner Kleidung an eine Frau, die ich anständig dafür bezahle, ich sitze im Theater im Parkett und nicht im Parterre, ich fahre ein komfortables Auto.

Mein Leben lang bin ich davon ausgegangen, dass ich für die Finanzierung all dieser Annehmlichkeiten selber verantwortlich wäre, nie habe ich daran gezweifelt, dass ich Geld, das ich auszugeben beabsichtigte, selbst herbeischaffen müsste. Wenn ich mich nicht einschränken wollte, musste ich eben noch mehr arbeiten, um mehr zu verdienen. So war das.

Erst in letzter Zeit bin ich es leid, ständig dem Geld nachzulaufen. Ich werde müde. Zunehmend wird mir klar, dass ich nie genug herbeischaffen werde, um mich für den Rest meiner Tage zurücklehnen zu können. Ich würde mich aber gerne zurücklehnen, wenigstens für eine Weile. Ich wache nachts auf und denke mir: Was, wenn die Rechnung eines Tages nicht aufgeht, wenn ich steigende Kosten nicht mehr durch Mehrarbeit und steigende Einnahmen abfangen kann? In meinem Beruf wird man nicht reich, man verdient gut, wenn man tüchtig ist, aber nie so viel, um ein für allemal aus dem Schneider zu sein.

Darum verstehe ich G., und dass er den Rückhalt schätzt,

den das Vermögen seiner Frau ihm gibt. G. und ich, wir kommen beide nicht aus finanziell potenten Elternhäusern, auch er hat sich viele Jahre abgestrampelt, um sich eine Basis zu schaffen, er hat Geld verdient, Geld eingebüßt, wieder von vorn angefangen, eine mühselige Geschichte, wie ich hat er Talente, deren Vermarktung nicht zu selbsttätig wachsenden Konten in Liechtenstein oder auf den Caymans führt.

Seltsamerweise verachte ich G. nicht dafür, dass er sich schließlich ins gemachte Nest gesetzt hat, während ich es Frauen übel nehme, wenn sie die Wohlstandssicherung ihren Männern überlassen. Das liegt nicht daran, dass ich G.s Fehlern gegenüber blind bin. (Ich liebe G. nicht als vermeintlich perfekten Menschen, ich sehe seine Fehler, aber sie verleiden ihn mir nicht, *das* ist Liebe.) Es hat vermutlich damit zu tun, dass das Sitzen im gemachten Nest nicht sein Lebenskonzept war, er hat sich bemüht und abgestrampelt, und erst, als er müde und erschöpft war vom Strampeln, hat er die Chance wahrgenommen, ins gemachte Nest zu flüchten, während Frauen, die in gemachten Nestern sitzen, häufig von vornherein darauf zugesteuert sind.

Obwohl: Geschlechterklischees. Dass die Inanspruchnahme sogenannter guter Partien vorwiegend den Frauen zugeschrieben wird, ist durch die Realität nicht zu begründen. Frauen sind viel öfter romantisch als Männer. Frauen nehmen oft genug auch materielle Opfer auf sich, nur damit sie mit dem Liebsten zusammen sein können. Hingegen wimmelt die Geschichte von mehr oder weniger großen Männern, die die Vorteile einer reichen Heirat zu schätzen wussten, von Männern, die sich eine reiche Ehefrau,

Geliebte, Gönnerin gehalten haben, um ungestört ihrem Denken, ihren mehr oder weniger revolutionären Ideen, ihrem *Werk* dienen zu können, denk doch an Charlie Marx, sage ich zu Wolf, mit dem ich telefoniere, oder an Thomas Mann oder an Canetti und die arme Marie Louise von Moteschitzky –

Wolf sagt, auf diesem Niveau diskutiert er nicht über historische Persönlichkeiten, deren Verdienste schließlich unbestritten sind.

Ich schmälere ihre Verdienste nicht, sage ich, ich weise nur darauf hin, dass mir auf Anhieb keine historischen männlichen Persönlichkeiten einfallen, die sich die Bürde einer mittellosen Lebensgefährtin aufgehalst haben, vermutlich gibt es welche, aber mir fallen sie nicht ein.

Dass auch Wolf seinerzeit ins gehobene städtische Bürgertum eingeheiratet hat, erwähne ich nicht, er weiß es schließlich selber, und möglicherweise reagiert er deshalb so ärgerlich.

Wolf ist nur einer der vielen umstürzlerischen Linken aus meiner Jugend, die alle kein Interesse an tapferen Arbeitertöchtern zeigten, sondern den Mädchen aus wohlhabender Familie und mit einflussreichem Papi zu Füßen lagen, so weit ging das Umstürzlerische nicht, dass sie denen das Proletarierkind aus dem Gemeindebau vorgezogen hätten.

Ich liebe den kleinen Luxus, nicht jedoch die rohe Verschwendung. Alice ist verschwenderisch ohne Genuss, ohne bewusste Freude am unverdienten Überfluss, sondern aus Verachtung für alle, die sparen müssen. Alice denkt, dass sie Überfluss verdient.

Alice und ich waren zusammen in der Schule, wir sind Freundinnen, jedenfalls glauben wir das, doch ihr Umgang mit Geld und Sachen macht mich zunehmend gereizt, die Zeiten, in denen ich ihr mit wohlwollender Nachsicht dabei zugesehen habe, sind vorbei, ich könnte sie rütteln und schütteln für ihren achtlosen Verschleiß von Gütern, die anderen nicht in den Schoss fallen wie ihr.

Alice ist zu faul zum Schalten, sie fährt ihre Autos entweder über- oder untertourig, mit jaulendem oder stotterndem Getriebe, wenn sie dann und wann doch einen neuen Gang hineinwürgt, tut sie es ohne Gespür.

Sie schwimmt im Meer, an Hals und Fingern Ketten und Ringe aus Gold und Edelstein, die trüb und glanzlos werden vom Salzwasser.

Sie vernichtet kostbares Porzellan und hauchdünn geschliffene Weingläser im Geschirrspüler. In ihrem Garten liegt Silberbesteck verstreut, vom Frühstücken im Grünen, manches wird gefunden und geborgen, vieles bleibt verschwunden.

Wird Alice von hausfraulichem Tatendrang überwältigt, steigt sie im Seidenkostüm und mit Stilettos in ein Blumenbeet, um Unkraut auszureißen, die erdigen Finger wischt sie in ihren seidenen Rock.

Alice sieht sich als großzügig, sie hält sich für mitreißend unbekümmert, aber mich reißt sie nicht mit, sondern höchstens zu beißendem Tadel hin, über den sie lacht.

Alice ist reich geboren – wie G.s Frau.

3.

Meine Mutter war die Tochter eines despotischen Patriarchen, der eine Hauswirtschaftsschule für angemessene Mädchenbildung hielt. Sie war ausgebildet in üppiger französischer Küche, wusste, wie man Gäste bei gesetzten Abendessen nach Rang platziert und kannte die richtigen Methoden zum Lagern und Einmotten von Pelzen, Teppichen und feinem Tuch. Zumindest schließe ich das aus dem, was sie mir erzählte und was sie an handgeschriebenen Koch- und Notizbüchern hinterließ. Ihre Kenntnisse nützten ihr nichts in der Ehe mit meinem Vater. Wir hatten nie Gäste (mein Vater ging zum Kartenspielen ins Kaffeehaus, an häuslichen Geselligkeiten war er nicht interessiert), er trug Lederjacken statt feinem Tuch, und der falsche Perser in unserem Wohnzimmer musste nicht eingemottet werden, weil er sommers wie winters heraußen lag. Erst kurz bevor sie starb, brachte es meine Mutter zu einem Pelzmantel, Biber, glaube ich, für den ich sie schalt, weil ich den Tierschutzgedanken hochhielt. Nach ihrem Tod habe ich ihn allerdings aufgehoben, er hängt jetzt ganz hinten in meiner begehbaren Garderobe, in seine Taschen habe ich Lavendelsäckchen gesteckt, ich hoffe, das reicht als Schutz vor Motten. Vielleicht würde ich ihn sogar tragen, wenn er mir halbwegs passte – der arme alte, tote Biber im Biberhimmel hätte Verständnis, stelle ich mir vor – aber meine Mutter war um einen Kopf kleiner als ich, und umarbeiten möchte ich den Mantel nicht lassen.

Ihr Pelzmantel war der einzige eigennützige Wunsch, den sich meine Mutter meiner Erinnerung nach jemals erfüllte. Mein Vater war beruflich ehrgeizlos, er verdiente wenig, doch das reichte ihm, solange es zur Befriedigung seiner Bedürfnisse reichte, der Rest war Sache meiner Mutter. Sie hatte mit dem, was übrigblieb für den Haushalt, auszukommen, und irgendwie schaffte sie es auch, unter Verzicht auf die Befriedigung *ihrer* Bedürfnisse.

Meine Mutter sparte eisern, an sich und für mich, sie hinterließ mir am Ende ein Sparbuch, mit dem ich einen Gutteil meines laufenden Wohnbaukredits zurückzahlen konnte. Sie wolle mir nie zur Last fallen, sagte sie immer, ihre Sparsamkeit diente offiziell dem Zweck, etwaige spätere Pflegekosten abzudecken, aber rücksichtsvollerweise starb sie ohne vorherige Bettlägerigkeit.

Mein Vater sparte nicht, er reiste viel, ging ins Kaffeehaus und ins Kino, kleidete sich modisch (wenngleich, wie meine Mutter fand, zu jugendlich) und versuchte sich in allerlei Sportarten, die er wieder aufgab, nachdem er in die entsprechenden Ausrüstungen und Klubmitgliedschaften investiert hatte. Zeitweilig begleiteten ihn bei seinen sportlichen Abenteuern bewundernde Damen.

Meine Mutter bleib daheim, kochte Marmelade ein, reparierte die Klospülung, stückelte die unversehrten Teile zerschlissener Leintücher aneinander, weil das billiger kam, als neue zu kaufen (wenn man davon ausging, dass ihre Arbeitszeit und ihre Arbeitskraft nichts kosteten), und überwachte meine Schulaufgaben. Zwischendurch rauchte sie und trank türkischen Mokka, bis ein Magengeschwür sie zwang, mit beidem aufzuhören.

Ich verdanke meiner Mutter viel, hätte sie sich verhalten

wie mein Vater, der mich behandelte wie eine mäßig interessante Zufallsbekanntschaft, wer weiß, was aus mir geworden wäre. Meine Mutter sorgte für Sicherheit und Geborgenheit, sie schickte mich aufs Gymnasium und an die Universität, wenn ich mittags aus der Schule kam, stand eine warme Mahlzeit auf dem Tisch, gesund, wohlschmeckend und nahrhaft, unsere Stromrechnung war immer bezahlt, der Ofen im Winter warm. Meine Mutter machte Schikurse möglich und die Tanzschule, sie gab mir Geld für Bücher, dafür ging sie auf schiefgetretenen Absätzen und in ausgeleierten Westen.

Ich verdanke meiner Mutter viel und habe daraus vor allem eine Lehre gezogen: Nie wollte ich leben müssen wie sie.

Ich war mit Joe Abendessen, wir haben eine Flasche Wein getrunken, und nun bin ich müde. Joe schlägt vor, ich soll bei ihm übernachten, statt den weiten Weg zu mir nach Hause zu fahren, mit dem Taxi, was ein Vermögen kosten würde, oder mit meinem Auto, wofür ich nicht nüchtern genug bin. Ich sträube mich, halbherzig, der Gedanke, nur mehr um die Ecke gehen zu müssen, ist verlockend, und außerdem halte ich es weinselig für möglich, dass Joe und ich doch noch irgendwie in eine erotische Verstrickung geraten.

Joe sagt, ich soll mich nicht bedrängt fühlen, er bietet mir wirklich nur ein Bett an, was immer ich darin mache oder nicht mache, er wird es akzeptieren. Na schön, sage ich.

Wir wanken um die Ecke und fahren mit dem Lift in Joes Wohnung, Joe lehnt neben mir im Lift, ich überlege, ob ich mich an ihn lehnen soll, aber nichts an seiner Haltung signalisiert eine Bereitschaft zu Nähe, und nirgendwo in mir regt sich der Wunsch, seine Haltung zu ändern.

Wenn sich zwischen uns was abspielen soll in seinem Bett, dann müsste er spätestens jetzt ein Ritual der Verführung beginnen. Ja, ich will verführt werden, das ist Joes einzige Chance, er muss von sich aus alles daran setzen, dass ich ihn doch noch als begehrenswert in Betracht ziehe, sonst läuft nichts, sein Problem, wie er das macht, es wird nicht leicht für ihn sein.

G. hat mich dazu gebracht, ihn verführen zu wollen. Joe verführen zu wollen liegt mir fern, alles, was ich ihm einräume, ist eine vage Option auf eine erfolgreiche Verführung meinerseits, wenn er sich gewaltig anstrengt.

Joe tritt aus dem Lift, sperrt seine Wohnungstür auf, geht in seine Wohnung, macht Licht. Ich folge ihm.

Willst du wirklich ein Gästebett?, fragt er, mit Betonung auf *Gäste*.

Ja, sage ich.

Joe holt Bettzeug aus einem Schrank und legt es auf das Sofa in seinem Wohnzimmer.

Ich setze mich aufs Sofa, schwindlig, und untersage mir daran zu denken, wie gern ich G. bei mir hätte statt Joe.

Soll ich dir das Bett machen?, fragt Joe, mit Betonung auf *ich*.

Mach ich schon selber, antworte ich. Ich rolle mich zusammen und schließe die Augen.

Joe geht durchs Zimmer und hört seinen Anrufbeantworter ab. Er geht hin und her und räumt Sachen von da nach dort. Ich höre ihn gehen und räumen, öffne die Augen halb, ab und zu tappt er durch mein Blickfeld.

Stört's dich, wenn ich noch kurz fernsehe?, fragt er.

Fühl dich wie zu Hause, murmle ich. Er lacht.

Er wirft sich in einen Fauteuil, schaltet den Fernseher ein, zappt durch die Programme und bleibt an *Columbo* hängen. (Bei Gelegenheit sollte man die Rolle von *Columbo* als Konstante im deutschsprachigen TV-Programm wissenschaftlich untersuchen, denke ich schläfrig.)

Ich erwarte keine Verführungsrituale mehr. Das erleichtert mich. Jetzt hoffe ich nur noch, dass sich Joe bald aus seinem Wohnzimmer trollt, damit ich endlich schlafen kann.

Columbo wird durch Werbeeinschaltungen unterbrochen. Ich habe die Augen geschlossen. Frauenstimmen stöhnen, Männerstimmen versprechen *geilen* Telefonsex unter *folgender Nummer*. Ich höre Joe aufstehen und blinzle. Joe steigt aus seiner Hose, er legt sie sorgfältig gefaltet über den Fauteuil. Dann zieht er das Hemd aus.

Vielleicht zieht er sich immer im Wohnzimmer aus, denke ich mir beunruhigt. Vielleicht ist das eine Gewohnheit, die ihm gar nicht weiter bewusst ist.

Joe lässt seine Unterhose fallen. Ich blicke auf sein bleiches Hinterteil. Ein unauffälliges Hinterteil. Nicht knackig, aber auch nicht sichtbar schlaff. Keine Runzeln. Wahrscheinlich nicht schlechter in Schuss als meins.

Er dreht sich um und kommt auf das Sofa zu. Ich könnte vorgeben zu schlafen, aber wer weiß, womöglich liegt er dann plötzlich auf mir. Träge schaue ich ihm entgegen und verbiete mir, meine Augen auf sein Geschlechtsteil zu richten, nur keine Intimitäten, nicht einmal optische, trotzdem sehe ich sein baumelndes Ding, ja, *Ding*, sonst nichts, und es *baumelt*, was ebenso beruhigend wie beleidigend ist, später werde ich prustend lachen, hoffentlich lache ich nicht gleich los.

Joe steht vor mir, setzt sich an den Rand des Sofas und sagt grinsend: Rück ein bisschen.

Das wäre alles, was ihm einfiele? Biederer Ehepaar-Gute-Nacht-Sex nach *Columbo*?

Ich schüttle den Kopf.

Er grinst weiterhin, na komm, sagt er, sei doch nicht so.

In mir steigt eine heftige Abneigung auf, gegen sein Grinsen, seinen Hundeblick, seinen im Sitzen gebeugten Rücken, sein baumelndes Ding, das er auf dem Sofarand geparkt hat, seine tollpatschigen Hände, die auf seinen Oberschenkeln liegen, als würden sie nicht zu ihm gehören.

Jeder andere, nur nicht er.

Der Architekt fällt mir ein, mit dem ich am Vormittag wegen eines Projekts verhandelt habe, ich sah ihn von der Seite an und dachte mir, mit dem könnte ich mir's vorstellen, vielleicht ist er ein Haustyrann, vielleicht ist er ein polygamer Scheißkerl, vielleicht würde er bei näherer Bekanntschaft Meinungen äußern, von denen ich mich distanzieren müsste, aber er hat *was*, dieser breitschultrige, breitbrüstige, muskulöse, lebensfrohe *Kerl* ist sicher ein aufregender Liebhaber. Wieso strahlt so einer, trotz zu viel Sonnenbräune, trotz zu viel Silber in den vielen Haaren, auf Anhieb aus, was ich an Joe nach längerem Umgang und sorgfältiger Prüfung noch immer nicht entdecken kann, eine Verheißung, eine Verlockung, ein Versprechen?

Zwei Erklärungen bieten sich an für den nackten, albern lächelnden, mit gebeugtem Rücken bei mir auf der Sofakante sitzenden Joe. Entweder ist das alles, was er kennt und zu bieten hat, Hose über die Fauteuillehne gelegt und ein bettelnder Blick, um zu uninszeniertem, uninspiriertem Geschlechtsverkehr der Sorte »Mama und Papa machen's, weil's dazu gehört« zu kommen, dann tut er mir leid.

Oder er findet, dass uninszenierter, uninspirierter Geschlechtsverkehr genug Aufwand für mich ist, dann ist er anmaßend. Beides passt mir nicht. Ich räume Joe nicht die Macht ein, meine Eitelkeit zu verletzen, und ich will mich ihm gegenüber nicht schuldig fühlen, weil ich ihn vergeblich betteln lasse.

Hör zu, sage ich, vernünftig, sachlich, wieder nüchtern, das bringt doch nichts. Wir küssen uns den ganzen Abend nicht, nicht einmal vorhin, im Aufzug, du schaust dir Columbo an und vergisst nicht, deine Hose zusammenzulegen, und jetzt sitzt du hier und willst – was? Eine kleine Turnübung nach dem Zähneputzen?

Joe sagt nichts. Er grinst weiter, seine Mundwinkel sind starr nach oben gezogen, und er schaut mich hündisch an.

Ich klopfe ihm kumpelhaft die Schulter. Tut mir leid, sage ich. Tut mir leid, es geht nicht.

Er steht auf und trottet aus dem Zimmer.

Ich bleibe bis zum Morgen, weil ich nicht sicher bin, ob sich das Haustor nachts ohne Schlüssel öffnen lässt. Auf Joes Wohnzimmer-Sofa schlafe ich angezogen, schlecht, unruhig, wenig. In der Früh kommt Joe aus seinem Schlafzimmer, lächelnd, als wäre es ganz normal, dass er mich in seiner Wohnung vorfindet, und bietet mir an, Kaffee zu machen. Ich nehme an, weil mir eine Ablehnung melodramatisch vorkäme. Wir trinken Kaffee und teilen uns die Morgenzeitungen.

Als meine arme Mutter starb, hatte sie nichts von ihrem Leben gehabt. Wenn ich einmal gestorben sein werde, werde ich was von meinem Leben gehabt haben, oh ja.

Ich weiß natürlich, dass hinter G.s Lustlosigkeit seit seinem Herzinfarkt die erschreckende Einsicht in die Endlichkeit des Lebens steckt. Die Wie-viel-Zeit-bleibt-mir-noch?-Frage steht ja grundsätzlich immer im Raum, aber mit jedem Lebensjahr gewinnt sie an Brisanz. Bei mir führt sie zu *carpe diem*, G. laboriert immer noch an seinem Schock.

G. hat erfahren, dass sein Körper nicht will, wie er will, er kann sich auf seinen Körper nicht mehr verlassen, das verunsichert ihn. Natürlich können wir uns in keinem Lebensalter auf unseren Körper verlassen, aber die Wahrscheinlichkeit, dass unser Körper den Dienst aufkündigt, ganz oder teilweise, wird statistisch gesehen von Jahr zu Jahr grösser.

Vielleicht war G. das bis jetzt nicht bewusst. Ich wache schon seit längerem nachts auf und ein schneidender Schrecken fährt mir durch Brust und Eingeweide, weil mich der Gedanke packt: Wieder ein Lebenstag weniger. In diesen schwarzen Nachtstunden peinigt mich panische Verzweiflung angesichts des wahnwitzigen Tempos, mit dem meine Lebenstage vergehen, ich habe doch nicht mehr so viele davon, als dass sie sich so schnell aus dem Staub machen dürften, denke ich mir, und es überfallen mich Rechnungen, die ich gar nicht anstellen will, so und so viele Jahre noch bei einigem Glück, doch allerhöchstens nicht mehr als.

Gut möglich allerdings, dass auch G. längst nicht mehr an seine Unsterblichkeit glaubt, vielleicht fürchtet er sich schon geraume Zeit, nur jetzt noch mehr, wer weiß, wie ich mich fühlte, wenn mein Leben so konkret bedroht gewesen wäre wie seins, vielleicht wächst ja die Dimension des Schreckens und der Angst mit einer solchen Erfahrung noch einmal um ein gewaltiges Stück.

Alt zu werden ist eine Gemeinheit, wenngleich, ja, ja, die einzige Alternative zu einem frühen Tod. All die Verluste, von geliebten und geschätzten Menschen, von Kraft und Schönheit, von froher Zuversicht, lauter erzwungene Abschiede. Kaum noch Zukunft. Immer mehr Zeitgenossen dahin, inzwischen trauere ich um jeden, egal, ob ich ihn früher respektiert, ja verehrt habe oder wütend abgelehnt, wer meinen Kosmos verlässt, beschädigt ihn, überall Löcher im Vertrauten, man sollte nicht glauben, was für eine Beruhigung die Alten waren, als sie noch da waren, die Politiker, die schon Politik gemacht haben, als ich noch ein Kind war, die Kunstschaffenden, bekannt bereits, als ich noch zur Schule ging, die Großeltern- und Elterngeneration, immer *schon* und dann lange Jahre *noch* hier, Garanten für Beständigkeit. Aber jetzt: die Schutzhülle zwischen mir und der Ewigkeit wird ständig dünner, zerschlissener. Wenn's denn eine Ewigkeit gibt. Ich stelle mir vor, dass es eine gibt, weil mich das einerseits tröstet, andererseits will ich mich gar nicht mit ihr beschäftigen, wo ich mich doch gerade im Endlichen so einigermaßen komfortabel eingerichtet hätte.

Wenn zwei *zusammen alt werden* wollen, dann träumen sie nicht vom Altwerden, sondern vom Zusammenbleiben. Ich möchte lieber mit G. zusammen jung sein.

Ich habe ja auch viel Arbeit. Ich bin eine fleißige, viel arbeitende Person, meine Freizeit ist knapp. Das wirkt vielleicht nicht so, wenn ich über G. seufze und schwadroniere, aber es ist die Realität. Ich habe nicht die Zeit, mir eine andere Bezugsperson zu suchen. Bezugspersonen wollen mit Sorgfalt gesucht und zu solchen aufgebaut werden. Das schaffe ich nicht, schon aus Zeitnot. G. ist die einzige männliche nicht mit mir verwandte Bezugsperson, über die ich verfüge, ich kann ihn nicht aufgeben. Wenn ich ihn aufgäbe, stünde ich nicht mit was Besserem, sondern ohne Bezugsperson da. Ich habe Kinder, aber Kinder sind Kinder. Ich habe Freundinnen, aber Freundinnen sind Freundinnen. Ich habe Freunde, aber sie haben Partnerinnen, ihre Freundschaft zu mir hat Grenzen. G. ist der einzige, der mich *liebt* wie ein Mann, nicht verwandtschaftlich, nicht bloß freundschaftlich, G. hat eine Ehepartnerin, aber er gibt mir das Gefühl, die Nummer eins zu sein in seinem Leben.

Übrigens habe ich mir G. als Bezugsperson nicht sorgfältig aufgebaut, er ist mir passiert. G. hat meinen Weg gekreuzt, ich habe ihn gesehen, ich habe ihn gehört, ich habe ihn gerochen, ich habe kurz hingehört, was er sagte, und ich bin, naja, nicht in Flammen gestanden, aber unter Spannung.

Morgens, wenn ich in meine Küche komme, schalte ich als erstes den Fernseher an. Während ich mir Frühstück mache, lasse ich mich von amerikanischen Sitcoms berieseln. Ich konsumiere sie bruchstückhaft, aber mit der Zeit fügen sich die Puzzleteile, die ich dabei zu sehen bekomme, zu einem Ganzen, weil ja immer irgendwo die Wiederholung einer Wiederholung läuft. Manchmal kenne ich eine Folge schon, dann schalte ich um, es gibt auch Morgen, an denen ich nichts Neues finde, aber zwischendurch stoße ich immer wieder auf Szenen, die ich noch nicht gesehen habe.

Ich bin zuverlässig zu rühren, und wenn auf dem Bildschirm etwas passiert, das mich rührt, schießt mir das Wasser in die Augen. Heute früh, als die Fürsorgerin den kleinen Buben neben seiner toten Mutter fand, stolperte ich tränenblind zu meinem Wasserkessel. Daran sollte ich denken, wenn ich wieder einmal G.s Abwesenheit beklage. Das könnte ich mir in G.s Anwesenheit nie leisten. Das könnte ich mir in niemandes Anwesenheit leisten, es wäre zu schmachvoll. Zweisamkeit, das sollte ich mir vor Augen halten, hieße Trennung von meiner TV-Parallelwelt am Morgen, und ich bin mir nicht sicher, dass der Tausch sich lohnen würde.

Nein, ehrlich, man muss das *Positive* sehen, elaborierte Pointen sind elaborierte Pointen, welche Morgenmuffel-Unterhaltung kann da auf Dauer schon mithalten?

Gelegentlich schaue ich in die Internet-Partnerbörsen. Alice sagt, sie kennt eine Reihe glücklicher Paare, die sich so gefunden haben. Vielleicht verbergen sich hinter all den Steckbriefen suchender Herzen ja tatsächlich hochinteressante Persönlichkeiten. Aber kein Steckbrief motiviert mich, das herauszufinden. Ich lese die Selbstbeschreibungen und verfalle in bleierne Langeweile. Was soll ich mit diesen angeblich unkomplizierten, naturverbundenen, humorvollen, wertebewussten Golfspielern, die in ihrer Freizeit am liebsten fernsehen und handwerken, sich nie von ihren Kindern, ihrer Wohnungseinrichtung oder, Achtung,

Humor, ihrem Reisepass trennen könnten (Alternative: *Ich kann mich von allem Materiellen trennen*, ach, wie edel), angeblich *allergisch* auf Intoleranz, Lügen und Schlamperei reagieren und, obwohl angeblich gebildet, hinschreiben, dass sie *representativ* seien oder Wert auf *Lojalität* legen?

Ich erinnere mich, wie ich seinerzeit meinem Ehemann beim Sonntagsfrühstück die Kontaktanzeigen in der *Zeit* vorgelesen habe, zu unserem Amüsement. (Ich machte mich lustig darüber, aber manchmal dachte ich auch, wer weiß, was ich alles versäume.) Damals wollten alle mit dem oder der Geliebten in der Toskana und vor knisternden Kaminfeuern Rotwein trinken, und wenn eine Frau gesucht wurde, sollte sie in *Jeans* genauso *vorzeigbar sein* wie im *Abendkleid*. Obwohl es solche immer wiederkehrenden Formeln gab, kommen mir die Internet-Profile bürokratisch abgefasst vor im Vergleich mit der Studienräte-Poesie von dazumal, aber vielleicht liegt es nur daran, dass ich jetzt in einer langweiligeren Altersklasse spiele.

Und was bitte sollte ich wohl über mich zum Besten geben? Arrogante Furie, reagiert allergisch auf Naturverbundenheit und falsche Zähne?

Ich bin wählerisch. Ich bin was Besonderes. Ich kann mich nicht mit irgendwem einlassen. Zu mir passt nur jemand Hochkarätiger.

G. ist es gelungen, mir nicht bloß zu bestätigen, dass ich mich völlig berechtigt für eine Prinzessin halte, sondern sich mir auch als Prinz zu verkaufen. Manchmal überkommt mich der Verdacht, dass er nüchtern betrachtet nicht so hochkarätig ist, wie wir beide behaupten, aber dann macht er ein Wortspiel, das mich entzückt, oder er sitzt mir gegenüber mit einem warmen, verschwörerischen Lächeln, oder er hebt eines meiner Wortspiele bewundernd in den Himmel oder oder oder.

Ich werfe mich auf den elektronischen Partnermarkt, und zwar in zweifacher Ausfertigung. Einmal kommt die Beschreibung, die ich von mir liefere, meiner tatsächlichen Person sehr nahe, zumindest bemühe ich mich, alle Fragen halbwegs ehrlich zu beantworten. Das zweite Profil nenne ich bei mir das Experiment Edeltraud (tatsächlich scheint Edeltraud nicht als Name, sondern nur als Chiffre an der Partnerbörse auf). Edeltraud ist 53 und sagt von sich, dass sie früher oft mit Marylin Monroe verglichen worden sei. Sie ist Witwe, eine unkomplizierte Frohnatur, der vor allem daran gelegen ist, ihren präsumptiven Liebsten *glücklich zu machen*. Edeltraud verbringt ihre Freizeit mit Gartenarbeit, Kuchenbacken, Fernsehen oder Tagträumen, wichtig sind ihr ihre *Rezeptsammlung* und ihre *sexy Unterwäsche*, sie könnte sich nie von ihren Kochbüchern und ihren Porzellanelefanten trennen, und die Orte, an denen sie sich am wohlsten fühlt, sind *mein Garten, meine Küche, mein Bett*. Sie legt Wert auf Treue und Ehrlichkeit, verabscheut Knausrigkeit und *verwöhnt* ebenso gern, wie sie *verwöhnt werden* möchte.

Edeltraud ist meine Erfindung, ich habe sie zusammengebastelt unter Verwendung aller Klischees und Vorurteile, die mir in den Sinn kamen, als ich versuchte, mir platte Männer-Wunschträume vorzustellen. Schon während ihrer virtuellen Geburt wurde mir ganz schlecht wegen ihrer Hirnlosigkeit und ihres Biedersinns. Und, was soll ich sagen, Edeltraud ist ein Hit.

Mein halbwegs echter Steckbrief bleibt unbeachtet, Edeltraud hingegen kriegt sofort einen Haufen Kontaktanfragen. Ein Lehrer, ein Kellner, ein Beamter, ein Kaufmann, ein Buchdrucker, ein Briefträger, ein pensionierter Manager, ein Schlosser, ein Diplompsychologe … ihr Fanklub ist bunt gemischt und kennt keine sozialen Schranken. Warum, zum Teufel, interessiert sich ein promovierter Literaturwissenschaftler für eine Frau, die ihre Tage mit Blumenpflege und Kuchenbacken verplempert und als ihren liebsten Besitz ihre Unterwäsche nennt? Sollte der nicht vielmehr alles daran setzen, eine wie mich kennenzulernen?

Ihr Profil stößt auf reges Interesse, schreibt die Partnerbörse an Edeltrauds von mir installierte gmx-Adresse und rät ihr, Mitgliedsbeitrag zu zahlen, damit sie mit ihren Interessenten in Verbindung treten kann.

So weit möchte ich aber doch nicht gehen. Ich wollte ja nur herausfinden, ob meine finstersten Vermutungen stimmen, und Edeltrauds Erfolg hat sie leider bestätigt. Die Welt ist voll von Idioten, die darauf aus sind, sich von einer intelligenzreduzierten Mutti *verwöhnen* zu lassen, mit Torten und mit in sexy Unterwäsche verpackten Geschlechtswerkzeugen.

Ich könnte Edeltraud eine reinhauen.

Weihnachten kommt. Ich werde nicht einsam sein. Die klassische Geliebte ist einsam zu Weihnachten. Man kennt die Szenerie, *Stille Nacht*, Flockenfall, hinter allen Fenstern Familie oder glückliche Zweisamkeit, nur die Geliebte vegetiert allein dahin, suizidgefährdet. Ich habe *Das Appartement* gut zwanzigmal gesehen, ein großartiger Film, kunstvoll gestrickt, kein überflüssiges Detail, aber eine deprimierende Story, auch das happy end mutlos, *Fran Kubelik*, just am Weihnachtsabend von ihrem verheirateten Liebhaber belogen und im Stich gelassen, findet schließlich ihr kleines Glück mit dem zu ihr passenden kleinen Mann (der freilich im Verlauf der Handlung an moralischer Größe gewinnt – ein moralisch einwandfreies Lamm unter skrupellosen Wölfen, nur dass das Lamm in einer Gesellschaft von Wölfen leicht als Schaf dasteht). Jedenfalls: die Geliebte als die eigentlich Betrogene. Eine graue, ausgelieferte, gedemütigte Gestalt. Hat nichts mit mir zu tun.

Vielleicht gibt es die klassische Geliebte ja gar nicht, nicht mehr heutzutage, wo Single-Weiber ein geselliges Leben leben (und Weihnachten ein geselliges Fest geworden ist). Vielleicht es hat es sie nie gegeben, vielleicht war sie ja immer nur eine Wunschvorstellung von schadenfrohen Ehefrauen und von Schriftstellern, die sich nicht vorstellen mochten, dass die Geliebte nicht einsam war ohne sie.

Ich bin nicht einsam, ich habe Kinder, Schwiegerkinder, Freundinnen, bei mir geht es vergnügt und turbulent zu an den Feiertagen.

Dennoch – ich kenne das aus den letzten Jahren – werde ich fortwährend auf mein Handy starren, *hat er eine SMS geschickt, wird er anrufen.* Ich habe keine Lust mehr, auf Botschaften zu warten. Ich habe keine Lust mehr mir vorzustellen, wie er keine Botschaft schickt, weil er am heiligen Familienfest – ich traue G. zu, dass er sich an kirchlichen Feiertagen von einer katholischen Erziehung einholen lässt – nicht sündigen will, indem er mir schreibt. Ich schreibe ihm, lieber G., schreibe ich, schreib mir nicht, ich schreib dir auch nicht, ich brauche Funkstille, das ist besser.

Und es ist wirklich besser. Ich höre im Auto gut gelaunt *Santa Claus Is Coming To Town*, ich singe mit bei *Let It Snow*, ich renne durch die Geschäfte und besorge letzte Geschenke, ich kaufe auf dem Naschmarkt fürs Weihnachtsessen ein und freue mich auf die gemeinsamen Mahlzeiten mit meinen Kindern, ich treffe mich zwischendurch mit Freundinnen auf ein Glas Sekt, und die ganze Zeit bin ich erlöst von dem Zwang, mein Handy zu kontrollieren, meine Mails nach Post von G. zu checken, mich missachtet zu fühlen, weil er sich nicht meldet, mich über ihn zu ärgern, mich über mich zu ärgern, meine Festtagslaune gefährden zu lassen. Er würde sich ja melden, sage ich zu mir, aber ich habe es ihm untersagt. Es ist egal, ob er sich tatsächlich melden würde und wann und wie oft, ich werde es nie erfahren.

In der ersten Volksschulklasse war ich mit einem Mädchen namens Evi befreundet. Sie war nicht unbedingt eine Freundin, die ich mir freiwillig ausgesucht hätte, aber ihre Mutter kam nachmittags gern mit ihr zu uns, und so war ich gezwungen, mich mit ihr abzugeben. Sie war dumm, besserwisserisch und intrigant, und ich hatte sie ein Jahr lang am Hals, bis ihre Mutter den Kontakt mit uns wieder einschlafen ließ. Der Grund, warum sie ihn damals suchte, lag in einer Ehekrise. Evis Vater, ein einsilbiger, gelbgesichtiger Mann, war zu seiner Sekretärin gezogen, eine banale Geschichte, aber schmerzhaft für Evis Mutter, hübsch, geschwätzig, mollig, die den gelbgesichtigen Prokuristen liebte, nicht nur wegen seiner verborgenen inneren Werte, sondern auch, weil sie – sie war gelernte Verkäuferin – ihren Status als Prokuristengattin nicht verlieren wollte.

Warum ich das weiß, weiß ich nicht, denn niemand hat mit mir darüber geredet, ich muss es wohl aus den Gesprächen der beiden Frauen und aus Gesprächen meiner Mutter mit anderen Frauen erfahren haben, auch wenn ich seinerzeit gar nicht so recht verstand, worum es ging.

Evi und ihre Mutter verbrachten den Weihnachtsabend mit uns, ein halbes Jahr, nachdem Evis Vater ausgezogen war. Mein Vater war wenig begeistert davon, aber meine Mutter sagte, man könne die arme Frau nicht allein lassen mit ihrem Kind, am *Heiligen Abend*! Aus der Gnade, die wir Evi und vor allem ihrer Mutter erwiesen, indem wir sie aufnahmen am 24., schloss ich, dass es eine Schande gewesen wäre für die beiden, zu zweit Weihnachten zu feiern. (Im Jahr darauf fand der Prokurist heim zu Weib und Kind, und wir waren Evi und ihre Mutter wieder los. Evis Mutter tat fortan so, als sei ihre Anwesenheit eine Vergünstigung gewesen, die sie uns nicht mehr gewähren konnte.)

An dem Weihnachtsabend, den sie mit uns verbrachten, wich Evis Mutter meiner Mutter nicht von den Fersen. Die beiden Frauen redeten halblaut miteinander, Evis Mutter schluchzte ab und zu leise in ihr Taschentuch, meine Mutter murmelte tröstende Worte, mein Vater rauchte gelangweilt vor sich hin. Evi verdrehte meiner neuen Puppe so lange den Kopf, bis er ab war. Mir wurde von meiner Mutter zugezischt, ich solle mich deswegen nicht aufregen, weil Evi *arm* sei und Nachsicht verdiene. Als ich trotzdem maulte, spielte mein Vater mit Evi, nur mit ihr, *Schwarzer Peter*.

Vor der Bescherung hatte ich auf meiner Blockflöte *Ihr Kinderlein kommet* blasen müssen, Evis Mutter sagte, schade, dass wir kein Klavier besaßen, Evi hätte sonst auf dem Klavier dazu spielen können, sie spiele ja so schön Klavier.

Heute habe ich eine Vorliebe für amerikanische Weihnachtslieder, ich lasse Brenda Lee zur Bescherung *Rockin' Around The Christmas Tree* röhren, zum Missfallen meiner Kinder. Sie halten Brenda Lee für eine verstaubte Kindheitserinnerung von mir, dabei ist sie eine Art Gegengift, sie verhindert Erinnerungen an eine Zeit, in der meine Mutter und ich froh sein mussten, dass es in unserem Haushalt einen Mann und Vater gab, der Weihnachten mit uns verbrachte, auch wenn er an den meisten anderen Abenden des Jahres im Kaffeehaus saß.

Bei mir herrscht also munteres Treiben. Meine Kinder sind da, Freunde kommen und gehen, auch Freundinnen und Freunde meiner Kinder, wir trinken Sekt und Wein und essen die Reste vom Graved Lachs und mitgebrachte Weihnachtskekse. Niemand fragt nach G., die meisten wissen, ich habe einen Freund, der selten abkömmlich und daher nicht vorzeigbar ist (weder in Jeans noch im Abendkleid, schießt es mir durch den Kopf, und ich kichere boshaft, weil G. diese Assoziation wenig komisch finden würde).

Ich habe aufgehört, mir wehmütig vorzustellen, wie es wäre, G. an solchen Tagen dabei zu haben.

Wie es bei G. zugeht, weiß ich nicht. Will ich gar nicht wissen. Vielleicht hat er Krach mit seiner Frau. Hoffentlich.

Am 27. Dezember hebe ich das Kommunikationsverbot auf und schicke G. eine SMS. *Na, heiser vom Weihnachtslieder-singen?*

G. schreibt sofort zurück, erleichtert, wie es scheint.

Hinterher stellt sich heraus, er führt die weihnachtliche Funkstille auf einen anderen Mann zurück. In seiner Fantasie waren wir, der andere und ich, schon so familiär, dass wir uns die Feiertage über miteinander eingebunkert haben. Nun, da ich mich derart bald wieder melde, hofft G., dass sein Verdacht vielleicht doch unbegründet war oder dass seine Befürchtungen zumindest schwer übertrieben sind.

Das sagt er freilich nicht. G. gibt keine Ängste zu. Um herauszufinden, wie er dran ist, spielt er den Gelassenen, Großmütigen, der witzelnd Vermutungen anstellt, damit er an meiner Reaktion ablesen kann, was zutrifft.

Das muss ja ein tolles Fest gewesen sein, sagt er. Du hast Glück mit mir, weil ich so nachsichtig bin.

Attacken auf seine Manneswürde lassen ihn normalerweise schroff und abweisend werden, aber diesmal bemüht er sich um mich, er schreibt zärtliche, originelle SMS und ruft an aus keinem besonderen Grund.

Geschäftsbelebung durch Konkurrenz, nichts Ungewöhnliches. Auch ich möchte keinen, den keine andere will, auch ich brauche das Gefühl, dass der Marktwert meines Liebhabers ungebrochen hoch ist.

Dennoch: Warum kann ich G. nicht einfach sagen: Da ist niemand? Warum muss ich meine harmlose Familienweihnacht so schildern, dass G. alles Mögliche mutmaßt, nur nicht die biedere Wahrheit?

Natürlich könnte ich ehrlich sein. Aber klüger ist es, ihn

im Ungewissen zu lassen. Er mag in Sorge gewesen sein wegen meines Rückzugs, dennoch, daran habe ich keinen Zweifel, würde ihn nichts mehr langweilen als das Wissen, dass er sich meiner sicher sein kann.

Lachend sage ich: Selbstverständlich habe ich ganz *brav und bieder* gefeiert. Sofort hält G. das für eine Lüge. Ebenfalls lachend antwortet er: Bestimmt, ich glaube dir jedes Wort! Und er fügt hinzu: *Luder*, in einem Ton, als wäre Luder ein Kompliment. Ich sage nichts mehr, sondern schmiege mich in seine Arme wie durchschaut, ein raffiniertes Frauenzimmer, vor dem ein Mann auf der Hut sein sollte. Zugleich sehe ich mich von außen, mit den Augen eines unbeteiligten Dritten und finde mich lächerlich. Habe ich es nötig, auf männermordendes Biest zu machen? (In *meinem Alter*, füge ich in Gedanken hinzu, worauf ich mir gleich noch lächerlicher vorkomme.) Vor allem aber: Warum braucht G. die Vorstellung, dass er ein *Luder* in den Armen hält?

4.

G. schlägt ein hastiges Treffen vor, und ich schlage es aus. Nicht aus taktischen Gründen, sondern weil ich zu meinem eigenen Erstaunen plötzlich keine Lust habe. Erstmals wäge ich das Vergnügen eines Treffens mit G. gegen die Mühsal eines hastig umzustellenden Terminplans ab, und es überwiegt die Mühsal. Tut mir leid, sage ich, ehrlichen Herzens (es tut mir ja leid, aber trotzdem) tut mir leid, das ist mir jetzt zu stressig.

Ich nehme es als ein gutes Zeichen. Ich steuere in Richtung Souveränität, denke ich mir.

Ich sehe G.s und meine Zukunft als die eines friedlichen Paares, das einander innig verbunden bleibt, auch wenn die Frequenz seiner Zusammenkünfte abnimmt (das Übereinander-Herfallen sowieso, das ist ja schon seit G.s Herzinfarkt limitiert).

Aber bald stelle ich fest, dass sich diese Lustlosigkeit auf mein Gesamtbefinden überträgt. Ich weiß jetzt, was ich mir von G. zu erwarten habe. Ich erwarte mir wenig. Mein Leben war spannender, als ich noch voll hochfliegender Hoffnungen war. Es gibt keine Überraschungen mehr zwischen G. und mir. Wir nähern uns dem Stadium altes Ehepaar, ohne das ausbleibende Überraschungsmoment durch eine solide, feste Gemeinsamkeit im Alltag ersetzen zu können.

Ich weiß, wie solide, feste Gemeinsamkeiten im Alltag ausschauen. Ich war verheiratet. Mein Mann wäre einer gewesen, mit dem ich hätte alt werden können, aber ich wollte nicht *vorzeitig* alt werden. Ich wollte noch Überraschungsmomente erleben. Und im Gegensatz zu anderen Frauen, die ich kenne, war es mir nicht möglich, dauerhaft einen Hauptschauplatz und Nebenschauplätze zu bespielen, mir einerseits den sicheren Hafen der Alltagsroutine mit einem *lieben*, aber ein bisschen langweilig gewordenen Kerl zu bewahren, und daneben, heimlich, immer wieder einmal Leidenschaft als Ausnahmesituation.

Ich konnte nicht, was G. kann. Wenn ich auf einen abfahre, dann ganz, voll, total. Mit kindlicher Begeisterung stürze ich mich ausschließlich auf mein Liebesobjekt.

Und ich mag keinen *lieben Kerl* hintergehen. Wenn mir einer langweilig wird, ist er mir zuwider. Ich ertappe mich, wie ich immer gereizter reagiere auf fast alles, was er sagt und tut, und gleichzeitig bin ich voll Mitleid und schlechtem Gewissen, denn dieses Benehmen hat der liebe Kerl nicht verdient. Mein Mitleid und mein schlechtes Gewissen machen mich unverhältnismäßig kooperationswillig, was die Gefahr birgt, dass ich den Despoten im lieben Kerl wecke, der ja nicht weiß, dass meine entgegenkommende Milde eine Kompensation für mangelnde Zuneigung ist. Vielmehr fasst er sie als Eingeständnis meiner Unterlegenheit auf und beginnt sich aufzuplustern.

G. gegenüber müsste ich kein schlechtes Gewissen haben, wenn ich ihn *betrügen* würde. Auge um Auge. Die alttestamentarische Judikatur war bekanntlich ein Fortschritt, weil sie aufräumte mit der Tradition unmäßiger Vergeltung. Auch ich würde G. nur Gleiches mit Gleichem vergelten. Vielleicht habe ich mich sogar umgeschaut nach einem wie G., der mir die Option offenließ fremdzugehen, weil er kein lieber Kerl ist, den ich gut behandeln sollte und bei dem es nichts zu vergelten gäbe außer dass er mir auf die Nerven fiele, was aber kein Vergehen ist. Doch ich schaffe es ja nicht, G. zu betrügen. (Ja, *betrügen*, G. sieht es so, und ich sehe es so, obwohl ich weiß, dass G. kein Anrecht hat auf meine Treue.) Kein potenzielles Liebesobjekt weit und breit, noch immer nicht, auf das ich mich mit einer Begeisterung zu stürzen vermöchte, die mich G. beiseite schieben ließe.

An meinem Geburtstag führt mich G. aus, wir gehen in den Musikverein und hören Beethoven und Brahms, mir zuliebe, denn G., der Mahler-Fan, kann weder der Wiener Klassik noch Brahms viel abgewinnen. Danach wollen wir essen gehen, es ist ein ungewöhnlich warmer Frühlingsabend, und ich stelle mir vor, dass wir im Freien sitzen werden, irgendwo in der Innenstadt, vor einem schicken kleinen Restaurant, festlich gestimmt. Wir haben nirgendwo einen Tisch reserviert, aber das macht nichts, schlendern wir doch einfach durch die Stadt, sage ich, es wird sich schon ein freier Platz finden. G. zieht ein gequältes Gesicht. Schlendern ist nicht so gut, sagt er, ich habe nämlich nicht viel Zeit.

Schöne Geburtstagsüberraschung.

Jetzt schau doch nicht so drein, sagt G., ich bin ja da, ich gehe ja mit dir essen, ich möchte nur nicht stundenlang nach einem Lokal suchen.

Sondern?

Warum setzen wir uns nicht einfach ins nächste Kaffeehaus?

Mit wütend zusammengebissenen Zähnen verfrachte

ich G. in mein Auto und fahre zu einem angesagten Italiener, wo mich der Chef kennt und uns, wie ich hoffe, schon irgendwie unterbringen wird.

Kein Parkplatz frei. Ich fahre im Kreis und noch einmal im Kreis und bleibe schließlich weit entfernt vom Restaurant stehen. Wir marschieren gehetzten Schrittes hin, dort erfahren wir, dass alles besetzt ist bis zum letzten Barhocker.

G. schaut auf die Uhr.

Zuletzt landen wir in einem trostlos beleuchteten Touristen-Café, wo die Kellner unfreundlich sind, vermutlich, weil es ein sinnloser Aufwand wäre, den Einmal-Gast durch Liebenswürdigkeit zu verwöhnen. G. isst gut gelaunt eine Gulaschsuppe, die ich um keinen Preis auch nur kosten würde, ich zerbröckle eine Semmel und nippe an essigähnlichem Wein.

G. doziert über ein steuerrechtliches Problem, mit dem er beruflich gerade zu tun hat, und ich denke mir: Wozu?

Wozu triffst du dich mit mir, wenn du keine Zeit hast? frage ich.

G. zieht eine Braue hoch. Ich verstehe dich nicht, sagt er. Ich nehme mir doch Zeit. Ich sitze hier mit dir, oder?

Ja, sage ich, du sitzt hier mit mir.

G. winkt dem Kellner und verlangt die Rechnung.

Joes Freund läuft mir über den Weg, der Mann mit der jugendlichen Freundin, aber ohne sie, er nähert sich mir, sobald er mich erkannt hat, wie auf einer Beerdigung, und er kondoliert mir tatsächlich. Seinem Gestammel entnehme ich, dass ich ihm leid tue, weil mich Joe von seiner Bettkante gewiesen hat. Er sagt natürlich nicht Bettkante, aber was er sagt, hört sich an, als hätte ich mich Joe an den Hals geworfen und müsse nun zutiefst deprimiert sein, weil meinen Erwartungen nicht entsprochen wurde.

Wie bitte?

Verlegen räuspert sich Joes Freund, und nach und nach schäle ich die ganze Geschichte aus den Umständlichkeiten, die er von sich gibt, heraus, die Geschichte, die Joe offenbar herumerzählt, um zu begründen, warum wir, er und ich, nicht mehr miteinander gesehen werden. (Ich würde mich übrigens durchaus weiterhin mit ihm sehen lassen, warum auch nicht, aber Joe hat sich zurückgezogen, was ich wiederum verstehen kann.)

Joes Darstellung läuft, wie ich jetzt erfahre, darauf hinaus, dass ich mich ihm angeboten habe, er behauptet, ich hätte mich mit dem Argument, ich sei nicht mehr nüchtern genug, um Auto zu fahren, in seine Wohnung gedrängt und darauf bestanden, bei ihm zu übernachten, worauf er in einer, äh, peinlichen Szene gezwungen gewesen wäre, mich abzuwehren.

Zu meinem eigenen Erstaunen – und zur Verblüffung von Joes Freund, dessen Gesicht blankes Unverständnis zeigt – breche ich in Gelächter aus. Ich kann mir nicht helfen, aber ich finde Joes Arglist (schnell die eigene Version verbreiten, ehe die Gegenpartei was anderes sagt) ebenso pubertär wie erheiternd.

Glauben Sie das denn? frage ich Joes Freund.

Er windet sich.

Ich tätschle begütigend seinen Arm (hoffentlich geht er jetzt nicht damit hausieren, dass ich ihm ebenfalls zu nahe getreten bin) und lasse ihn, immer noch lachend, stehen.

Wahrscheinlich sollte ich Joe böse sein, doch ich bin erleichtert. Er hat mir nichts mehr vorzuwerfen. Wir sind quitt.

Und möglicherweise würde ich an seiner Stelle ja ebenfalls eine geschönte Story verbreiten.

In meinem Alter sollte ich abgeklärt sein, finden die Jüngeren, gelassen, zufrieden, über den Dingen stehend. Bin ich ja. Mein Heulen und Zähneknirschen fällt, soweit es um meine persönlichen Wehleidigkeiten geht, sehr moderat aus, finde ich. Trotzdem, so ganz ohne *Himmelhoch jauchzend* zu leben ist schwer, warum sollte man in meinem Alter jeden Anspruch darauf verwirkt haben? Ohnehin fühlt man sich nicht alt, wenn man alt ist, man weiß um sein Alter, man kann ihm allerlei Beschwernisse zuordnen, aber innen drinnen ist man nicht alt, vermutlich nie. *In mir* bin ich nie älter geworden als fünfunddreißig, sagte mir kürzlich Dora, die fünfundachtzig ist.

Und aus dem Handgelenk könnte ich jederzeit eine Reihe von anekdotischen Erlebnissen schütteln, die sich alle darum drehen, dass mir Menschen, denen ich zu runden Geburtstagen (zum fünfzigsten, sechzigsten, siebzigsten) gratuliert habe, ratlos antworteten: Weißt du, ich fühle mich aber gar nicht wie fünfzig (sechzig, siebzig).

Vielleicht heißt ja fünfzig sein und sich wie fünfzig fühlen, dass man sich gar nicht wie fünfzig fühlt? Wir gehen alle davon aus, dass sich Menschen mit fünfzig so fühlen müssten, wie wir uns mit dreißig vorgestellt haben, dass sich Fünfzigjährige fühlen. Die Dominanz der Jugend. Wieso sollten wir ihre Vorstellungen erfüllen?

Ähnlich verhält es sich wohl mit der Abgeklärtheit. Wenn ich abgeklärt bin, bin ich tot, sagte ich neulich unduldsam zu einer jugendlichen Kollegin, die mir unbedingt die Milde der reifen Jahre unterstellen wollte, weil sie mich leiden kann und mich gern mit Eigenschaften ausstatten möchte, die ihr angemessen bis bewundernswert erscheinen für eine Person meines Jahrgangs.

Dazulernen ja, aber wer sagt, dass dazu gelernt zu haben die Konsequenz der milden Abgeklärtheit nach sich ziehen muss? Eigentlich muss man ein Trottel sein, wenn man aus dem, was die Welt und das Leben einen lehren, zum Schluss gelangt, dass es unnötig sei, sich aufzuregen.

Na gut, ich will jetzt nicht so tun, als hätte meine mangelnde Abgeklärtheit in Bezug auf G. etwas mit dem heiligen Zorn des gesellschaftspolitischen Engagements zu tun, was G. anlangt, so habe ich keine Ausrede außer der, dass es langweilig und emotional unbefriedigend ist, auf Aufregung verzichten zu sollen. Ja, ich will mich über G. aufregen, weil ich G. aufregend finden will, ich will mich lebendig fühlen, verdammt.

Erektile Dysfunktion. G. will seine Libido zurück, er sehnt sich nach seiner Libido, ich mich auch, nach seiner und nach meiner, aber wir sehnen uns beide vergeblich. Seine hat organische Ursachen, er war beim Arzt, und der hat eine Reihe von medizinischen Begründungen gefunden, meine ist psychischer Natur, G.s Lustlosigkeit steckt mich an. Außerdem würde es mir nichts nützen, Lust auf einen zu haben, der keine Lust mehr hat, vielleicht nehmen meine Psyche und mein Körper eine Schutzhaltung ein. Mein Körper auch, wie ich feststelle, denn G.s Versuche, wenigstens mir Lust zu machen, scheitern am Ausbleiben der nötigen Voraussetzungen, es ist, als seien die entsprechenden Sekrete versiegt, meine Haut, egal wo, weist keine sensiblen Berührungsflächen mehr auf, ich komme wir vor wie ein schuppengepanzertes trockenes Reptil.

Überhaupt keine Lust mehr oder bloß keine Lust auf mich? frage ich G. misstrauisch. Er versichert, seine Lustlosigkeit habe nichts mit mir zu tun, im Gegenteil, er leide ja gerade deswegen, weil er nicht vergessen habe, wie lustvoll es mit mir war, nur sitzt die Erinnerung daran ausschließlich in seinem Hirn und löst weder Begehren noch die entsprechenden Reaktionen in anderen Körperteilen aus. Dazu legt er mir allerlei medizinische Befunde vor wie Untauglichkeitsbeweise bei einer Stellungskommission.

G. kriegt Medikamente, selbstverständlich, aber die sorgen bloß dafür, dass seine organischen Unzulänglichkeiten sich nicht ins Lebensbedrohliche auswachsen, seine Lebens- und Liebeslust geben sie ihm nicht zurück.

G. mag nicht zu Potenzmitteln greifen, was ich verstehe und gutheiße, denn das sind Krücken, die zwar technische Abläufe ermöglichen, aber keine Lust machen. Würde ich Sex mit einem haben wollen, der im Grunde keinen Sex haben will, sondern nur einen Körperteil mit Hilfe eines Medikaments so weit bringt, dass er quasi prothetisch funktioniert?

G. und ich könnten jetzt leben wie Bruder und Schwester, wenn wir mitsammen leben könnten, aber eine, mit der er angeblich lebt wie mit einer Schwester, hat G. ja schon.

Hätte ich mein Leben genommen, wenn es mir angeboten worden wäre und ich mich dafür oder dagegen entscheiden hätte können, ehe ich auf die Welt kam? Hätte ich es leben wollen, wenn ich gewusst hätte, wie es verläuft? Manches spricht dafür. Reiche Weltgegend, kein Krieg, keine Naturkatastrophen am eigenen Leib, immer ein Dach überm Kopf, genug zu essen und so weiter. Ein Überhang an Liebe und Freude, gemessen an dem, was nicht glatt ging, Kinder, berufliche Erfolge, Freundschaften, Anerkennung – und trotzdem. Würde ich mich dafür entscheiden aus heutiger Sicht? Vor kurzem hätte ich die Frage noch euphorisch bejaht, ich bin ein Sonntagskind, sagte ich oft, zu mir und zu anderen, wenn es ums Bilanzziehen ging, heute denke ich mir, ich habe auch viel verdrängt.

Von einem Augenblick auf den anderen das Ende der Zuversicht, dass alles, was sich noch nicht erfüllt hat, nur darauf warte, in Erfüllung zu gehen, früher oder später. Plötzlich sehe ich, was sich wohl nie mehr erfüllen wird. Ich schaue zurück und weiß nicht, ob es sich gelohnt hat.

Früher war ich wütend, traurig, tief enttäuscht und besorgt, wenn G. sich einen Tag lang nicht gerührt hat. Jetzt zucke ich die Achseln. Rührt er sich heute nicht, rührt er sich morgen. Rührte er sich morgen auch nicht – würde es was ändern?

G. rührt sich drei Tage lang nicht, er ruft nicht an, schickt keine SMS, bleibt unerreichbar, so lange hatten wir noch nie keinen Kontakt, und mir wird zum ersten Mal bewusst, dass ich es nicht erfahren würde, wenn G. was zugestoßen wäre. Wer würde mich verständigen? Seine Schwester? Ich habe nicht den Eindruck gewonnen, dass sie mich ohne G.s ausdrücklichen Auftrag kontaktieren würde. Seine Kinder, seine Freunde? Wer weiß überhaupt von mir, wer würde es nötig finden, sich mit mir in Verbindung zu setzen, wer würde sich der Mühe unterziehen, mich ausfindig zu machen? (Die Mühe hielte sich in Grenzen, ich stehe im Telefonbuch, man erreicht mich auch über meine Firma, aber ein bisschen Aufwand wäre es doch, und wer weiß, ob es jemand für angebracht hielte, ihn auf sich zu nehmen?)

Ich stelle mir vor, wie ich mit großer Verspätung erfahre, dass G. etwas zugestoßen ist, und es zeigt sich, dass ich mir nicht auszumalen vermag, was ich dann fühlen würde. Ich überlege mir, was überwiegen könnte – Schmerz, Wut, Kränkung, Trauer? Aber alles, was mir einfällt, ist, dass es so *passend* wäre, das unauffällige Ende einer unauffälligen Beziehung.

Nach drei Tagen rührt G. sich dann doch, es ist ihm nichts zugestoßen, er hatte lediglich Probleme mit dem Handy oder dem Handyempfang oder dem Ladegerät, was weiß ich.

G. ist telefonisch an und für sich nicht leicht erreichbar. Er nimmt selten ab, höchstens ruft er zurück. Wenn ich ihm auf die Mailbox spreche, schickt er als Antwort eine SMS.

Er schreibt diese Vorgangsweise seinem Gehetztsein zu und redet von Zeitautonomie. Ich sehe sie nicht zuletzt als eine Vorsichtsmaßnahme. In jedem Fall entspricht sie seinem Bedürfnis, die Zügel in der Hand zu halten. Er bestimmt, wann er sich wem zuwendet, er reguliert den Umfang seiner Kommunikation. Wenn er eine SMS schickt, dann will er genau das mitteilen, was drin steht, nicht mehr und nicht weniger. In einem Telefongespräch müsste er vielleicht auf unerwartete Fragen reagieren, das würde ihn unnötig ablenken und aufhalten.

G.s SMS an mich sind nicht bloß sachliche Mitteilungen, sie sind voll Sprachpoesie und Zärtlichkeit, G. streichelt mich mit schönen Worten, von Anfang an hat er sich so präsent bei mir gehalten, mit häufigen Wortmeldungen, spielerisch, einfallsreich, artifiziell, nun, da er in meinen Gedanken fest verankert ist, schreibt er seltener am Tag, aber immer noch ist er ein Cyrano des Elektronikzeitalters. Trotzdem zeugen seine short messages, so kunstvoll sie sind, von Sparsamkeit und Effizienz. Er teilt mir seine Liebe mit, aber weder diskutiert er die Weltereignisse des Tages mit mir, noch redet er über alltägliche Banalitäten.

G.s Zeit ist eingeteilt und aufgeteilt, an mich verschwendet er im Zweifelsfall lieber Geld als Lebenszeit. Er selber würde sagen, er verschwendet bloß keine Lebenszeit an Banalitäten, aber das würde ich ihm nicht glauben. Sicherlich muss auch er sich um alltägliche Erfordernisse kümmern, und bestimmt gibt es Menschen, mit denen er die Weltereignisse öfter und ausführlicher diskutiert als mit mir.

Mit mir trifft sich G. in einer Art luftleerem Raum, das bewahrt uns vor dem Gestank des Gewöhnlichen, aber eines Tages werden wir daran ersticken.

Wenn seine Frau anruft, hebt G. ab, in meiner Gegenwart sagt er dann nur: Ich ruf dich zurück.

Ich höre nicht mit, wenn er zurückruft, keine Ahnung, ob sie über einen verstopften Abfluss reden oder über die Hawkingstrahlung beim CERN-Experiment.

Ich weiß nur, dass er sich mir gegenüber nicht verpflichtet fühlt, für Gespräche über einen verstopften Abfluss oder die Hawkingstrahlung zur Verfügung zu stehen.

Nicht, dass ich unbedingt über verstopfte Abflüsse mit ihm reden wollte. Aber es sollte mir möglich sein, finde ich.

Andererseits: Würde ich einen aushalten, der mich mit überflüssigen Fragen nervte, einen, der von mir wissen wollte, welches Hemd er am Abend anziehen soll, wenn wir eingeladen wären, wie Herbert?

Mit Herbert verbrachte ich zwei Jahre meines Lebens, zwei Jahre, in denen unnötig Zeit mit Diskussionen über meinen Zeitmangel draufging, die Zeit, die ich für Herbert erübrigen konnte, wurde dadurch noch knapper. Damals waren meine Kinder jünger und lebten daheim, und ich fand es schwer genug, meine Zeit zwischen ihnen und meinem Beruf aufzuteilen, für Herbert blieb da wenig übrig, aber das hatte er gewusst, als er sich mit mir einließ und seiner langjährigen Freundin Ursula den Laufpass gab, die ganz und gar für ihn dagewesen war.

Nein, das hatte er eben nicht gewusst, Herbert hatte sich vorgestellt, dass er mit mir schnell und einfach zu einer Familie käme, wie er sie sich auf einmal wünschte nach Jahren der gewollten Kinderlosigkeit, er träumte von Bilderbuchszenen mit artigen Kleinen, die anbetend an seinen Lippen hängen sollten, ehe sie widerspruchslos in ihre Betten verschwanden, und fand sich statt dessen mit ruppigen Präpubertierenden konfrontiert, die einen Saustall um sich verbreiteten, zum Lernen angehalten werden mussten, Mahlzeiten verlangten und gnadenlos lärmten, obwohl sie doch genauso gut begabt Aquarelle hätten pinseln können.

Was mich anlangt, so imaginierte mich Herbert als elegante, müßiggehende Hausfrau aus vermögenden Kreisen, er verstand nicht, was mich davon abhielt, in der Dämmerung stilvoll an einem Glas Sherry zu nippen und ihn anschließend zu einem Society-Event zu begleiten, die Frauen seiner Freunde hatten auch solche Programme, vielleicht sollte ich mich einmal bei einer von ihnen erkundigen, wie sie es schafften, Kinder groß zu ziehen und trotzdem ausgeruht bei gesellschaftlichen Ereignissen zu erscheinen. Ich weiß, wie die das schaffen, sagte ich, ihre Kinder sind im Internat, sie müssen kein Geld verdienen, sie kommandieren eine Haushälterin und ihr intellektueller Ehrgeiz erschöpft sich darin, Ausstellungskataloge nicht verkehrt herum zu halten.

Die meisten von Herberts Freunden waren reich, Herbert selber war es nicht, er schwamm nur gern im Kielwasser der Reichen und Schönen. Zu seinem Kummer stammte er von proletarischen Eltern ab, schon als Schulbub hatte er unter deren ästhetischen Defiziten gelitten und sich in den Haushalt seines damals besten Freundes geträumt, eine weitläufige Jahrhundertwendevilla voller Antiquitäten (jedenfalls in Herberts vermutlich verklärender Erinnerung), kein eternitverkleidetes Nachkriegssiedlungshaus wie das Eigenheim seiner Eltern. Die Mutter des Schulfreundes geisterte noch immer durch seine Fantasien, sie war die Urform, an der er Frauen maß, eine schön gekleidete, klavierklimpernde Nichtstuerin, freundlich verträumt, das Gegenteil von Herberts dicker, putzender, abgehetzter, dauergewellter eigener Mutter.

Und dann ich. Nicht dick und nicht dauergewellt, aber abgehetzt und ebenfalls das Gegenteil von freundlich verträumt. Nein, ich konnte nicht mit ihm übers Wochenende an den Attersee fahren, nein, ich ging nicht mit zu dieser Vernissage, und nein, ich machte mir nichts aus Bällen. Wahrscheinlich machte ich mir auch zu wenig aus Herbert, da hatte er schon recht, wenn er mir das vorwarf, aber selbst wenn ich mir mehr aus Herbert und aus Trachtenfesten am

Attersee gemacht hätte, hätte ich meine Kinder nicht allein daheim gelassen, die an den Wochenenden wiederum ihre eigenen Freunde treffen wollten und nicht die versnobten Kinder von Herberts reichen Freunden.

Du hättest dir einen verheirateten Liebhaber suchen sollen, sagte Herbert damals wütend zu mir, so einer wäre ideal für dich, der wäre dir dankbar, wenn du keine Zeit hättest. In deinem Terminkalender bringst du nur einen unter, der nichts mit dir unternehmen will.

Hat gestimmt. Und jetzt? Schlechtes Timing. Ich hätte mir G. früher zulegen sollen und Herbert später, aber tatsächlich würde ich auch jetzt mit Herbert nicht viel unternehmen wollen. Vielleicht ist G. die Strafe dafür, dass ich Herbert von Ursulas Seite gepflückt und dann herzlos verstoßen habe.

Manchmal, wenn ich Musikfetzen höre, die mich an die Songs der Siebziger erinnern, wenn ich Szenenfotos aus Nouvelle-Vague-Filmen sehe oder, wie neulich, ein Courreges-Kleid in einer Zeitschrift, erinnere ich mich an mich, als ich jung war, und sofort erfüllt mich Rührung über das schöne, arglose, unternehmungslustige Mädchen, das mir an mir verlorengegangen ist.

Ich habe mich nicht schön gefunden, als ich jung und schön war (nein, selbstquälerisch habe ich mein Gesicht und meinen Körper nach Abweichungen vom propagierten Ideal abgesucht und jede Menge Defizite entdeckt, jedes Augenbrauenhärchen zu viel war ein Beweis für meine unzureichende Attraktivität), erst seit ich das Mädchen von einst hinter mir gelassen habe, stehe ich zu ihm.

Ja, ich war schön, und viele Männer haben sich um mich

bemüht, warum habe ich das damals nicht als Beweis für meine Attraktivität aufgefasst, sondern bloß vermutet, dass Männer einfach wahllos Sex wollen?

Um die Wahrheit zu sagen, werde ich immer schöner und immer rührender in meiner Erinnerung. Ich habe ausgesehen wie die junge Catherine Deneuve, sage ich gern, aber ich wollte aussehen wie die junge Audrey Hepburn, was Wolf zu der trivialpsychologischen Behauptung veranlasst: Du wolltest eben schon immer nur haben, was du nicht kriegst.

Wenn's bloß das wäre.

Zwischendurch Mitteilungen von der Partnerbörse, wieder neue Interessenten für Edeltraud. Ich stelle mir vor, wie ich doch einen kontaktiere und treffe, und dann sitzt er mir gegenüber. Eine Marylin hat er erwartet, und jetzt bin ich da, der Antityp. Allein meine Größe müsste ihn schockieren, denn Edeltraud, das kurvige Ding, ist handliche eins fünfundsechzig, fast zehn Zentimeter kleiner als ich. Ich male mir aus, wie er mich entsetzt anstarrt, und könnte kreischen vor Schadenfreude.

Doch das wäre ein armseliger Triumph. Ein Triumph über einen dummen Tanzbären, der auch nichts anderes will, als zu zweit glücklich sein, mit einer, wie er sie halt passend fände, ich sollte mich schämen.

Nicht, dass ich niemals an eine reiche Heirat gedacht hätte. In meiner Jugend war das schließlich der standardisierte Zukunftstraum für Mädchen. Bis heute überfällt er mich manchmal, es ist nicht so, dass ich das Leben höherer Gattinnen grundsätzlich für unerträglich halte. Mit reicher

Heirat meine ich allerdings wirklich hochkarätige Verhältnisse, keine gutbürgerliche Idylle, sondern, wenn schon, denn schon, die Version mit mehreren Wohnsitzen und ausreichend Personal. Ich ginge meinen Interessen nach und alles, was mir an Pflichten bliebe, wäre ein wenig Repräsentieren, darauf sollte es mir nicht ankommen.

Einen reichen Mann heiraten, damit *er* sich die Hände schmutzig macht mit der Vermögensbeschaffung, für die ich nicht geeignet bin, weil meine Hände sauber bleiben müssen, oh ja. (Nebenbei würde ich auch kein Vermögen heranschaffen können, wenn ich die Beschmutzung meiner Hände weniger scheute, aber das lasse ich jetzt einmal beiseite.)

Andererseits bin ich darauf programmiert, solche Männer moralisch zu verurteilen. Ich hätte manche so genannte gute Partie machen können, behaupte ich gelegentlich, aber wer will schon mit einem leben, der sich die Hände schmutzig macht (oder dessen Vorfahren sich die Hände schmutzig gemacht haben und der das in Ordnung findet)?

Tatsächlich war ich jedoch nie wirklich in Versuchung, weil die Schnösel aus wohlhabendem Haus, die mich ins Bett kriegen wollten, immer bloß Schnösel waren, was allerdings, wie ich mir heute eingestehen muss, nicht bedeutet, dass es im Klub der Vermögenden ausschließlich Schnösel gibt. Wie hätte ich reagiert, wenn mir einer begegnet wäre, der mich ernsthaft interessiert hätte?

Bei einem Firmenempfang treffe ich auf diesen smarten alten Bankier (ja, *Bankier*, in seiner Generation gab es noch keine *Banker*), toller Hecht, altes Vermögen, über Generationen angehäuft, verwitwet, möglicherweise zu haben. Sieht auch gut aus für sein biblisches Alter, sehr gepflegt, Anzüge auf den Leib geschneidert von einem, der sein Handwerk versteht. Er flirtet auf Teufel komm raus mit allen Frauen, die wenigstens seine Töchter sein könnten, auch ich komme in den Genuss blitzender Blicke und kecker Komplimente, und ich denke mir, das wäre eine Gelegenheit, wenn ich nicht ich wäre, sondern eine, die nachrechnet, bevor sie sich verkauft.

Natürlich unternehme ich nichts dergleichen, sondern suche stattdessen einen anderen Raum auf. Später bestätigt mir eine Kollegin, dass man gut daran tue, ihn zu meiden, er sei, sagt sie, ein unerträglicher Herrenreiter, dünkelhaft bis zum Rassismus.

Womit mein Weltbild wieder stimmt. Genau, Versorgungsehen sind an inakzeptable Konditionen geknüpft, nie könnte ich repräsentieren neben einem, der etwas repräsentiert, was ich verabscheue.

G. repräsentiert neben einer, die sich, was er nicht abstreitet, die Hände schmutzig gemacht hat für die Vermehrung ihres Vermögens, erstaunlich, was er aushält.

5.

Ich habe die Gewohnheit angenommen, mit meinem alten Kater zu reden, wenn ich daheim bin, was nicht verwunderlich wäre, wenn mein Kater noch leben würde. Mein Kater ist aber tot. Mein Kater ist gestorben, und G. war nicht bei mir. Eine Woche lang musste ich zusehen, wie mein Kater immer elender wurde, bis ihn der Tierarzt, wie man so sagt, erlöst hat, und in dieser ganzen Woche hat sich G. nicht bei mir gerührt, weil er verstimmt war, wegen irgendeiner Nebensächlichkeit, ich weiß nicht einmal mehr, warum, und es ist mir auch gleichgültig. G. war mir gleichgültig in dieser Woche, sollte er doch schmollen und grollen, ich registrierte lediglich, dass er nicht für mich da war, als ich Trost und ein wenig Beistand brauchen hätte können, aber zugleich konnte ich mir gar nicht vorstellen, wie G. mir hätte beistehen sollen. In Wahrheit hätte ich meinen Kummer nicht teilen mögen. Wenn G. versucht hätte mich zu trösten, hätte ich mich aus Dankbarkeit getröstet geben müssen, während ich tatsächlich in meinem Abschiedsschmerz aufgehen wollte. Niemand wäre in der Lage gewesen, meinen Kummer zu teilen, weil die Beziehung, die zu Ende ging, keinen anderen einschloss als meinen Kater und mich.

Der Kater war *mein* Kater, fünfzehn Jahre lang, ein tierischer Lebenspartner, nicht mehr und nicht weniger. Er begleitete mich durch fünfzehn Jahre meines Lebens, er hat mich geliebt, seine Liebe war nicht an schwer annehmbare Bedingungen geknüpft, er war da und um mich herum, das reichte ihm und mir. Warm und lebendig lag er auf meinen Knien und auf meiner Brust, als er noch lebendig war, sein rasselndes Schnurren und sein dicker Kopf unter meinem Kinn, so viel solidarische Zärtlichkeit, das hat mich vor manchem Magengeschwür bewahrt, sage ich gern.

In seiner letzten Woche war ich ihm meine ungeteilte Aufmerksamkeit schuldig, insofern war es gut, dass G. nicht da war, denn wenn G. da ist, fordert *er* meine ungeteilte Aufmerksamkeit. Trotzdem spricht es gegen G., dass er fehlte (obwohl er in Wirklichkeit nicht fehlte), es hätte sich einfach gehört, dass er sich als Tröster anbot. Wieder ein Schlechtpunkt für G. und kein kleiner, wo sehe ich eigentlich noch Gutpunkte für ihn?

Das dachte ich mir, als ich neben meinem Kater saß, der mit trüben Augen dalag, wenn er nicht gerade gelben Schaum erbrach oder sich krümmte im vergeblichen Versuch, Harn abzusetzen, ich dachte es nur flüchtig, denn es war nicht wichtig in diesen Augenblicken. Ich saß neben meinem Kater, allein, mit bleiernem Herzen, weil ich ihn verlor und weil er so qualvoll um seinen Tod kämpfen musste, statt friedlich einschlafen zu dürfen, wie wir es uns immer wünschen für alle, die uns lieb sind, und für uns selbst.

Mein Kater ist tot, ich mag nicht nach Hause kommen, seit er mich nicht mehr begrüßt, und ich mag nicht daheim bleiben, weil ich ihn überall im Haus vermisse. Ich fliehe mein Haus, ich bin betriebsam, ich eile von Termin zu Termin, ich gehe noch mehr aus als sonst, ins Kino, ins Theater, zu Vorträgen, wenn ich unterwegs bin, holt mich der Tod nicht ein, wenn ich mit sonst wem über sonst was rede, bin ich nicht mit der Vergänglichkeit, dem Unumkehrbaren, der Unwiederbringlichkeit konfrontiert.

So ist das. Ich bin zu alt, um Abschiede zu provozieren, die ich vermeiden kann, ich werde G. nicht aus meinem Leben verbannen, ich bin gerade zu kraftlos, um mich über G. zu erbittern, ich habe G. nicht als Tröster gebraucht, ich habe von G. keinen Beistand zu erwarten, daran zweifle ich doch schon lang nicht mehr, G. kann bleiben, was er ist, ich weiß ohnehin, das ist nicht viel.

Ich sitze beim Heurigen, eine berufliche Veranstaltung, mir gegenüber einer, den ich auf Mitte dreißig schätze, die Rede kommt auf Beamtenpensionen. Sein Vater sei pensionierter Beamter, erzählt er, was der an Pension bekomme, sei ein Wahnsinn, sozial unverträglich im Grunde. Mir kann's ja recht sein, sagt er, erbe ich halt einmal umso mehr, aber grundsätzlich.

Denken diejenigen, die so locker über ihr zu erwartendes Erbe reden, eigentlich daran, dass sie mit dem Tod ihrer Eltern spekulieren? Ist ihnen bewusst, zu erben bedeutet, dass ihre Eltern dann tot sind?

Wenn das Haus einmal mir gehört, dann werde ich. Das Haus wird ihnen gehören, sobald die Alten dahin sind. Freuen sie sich darauf? Nehmen sie es in Kauf? Oder stellen sie es sich bloß nicht vor?

Ich ducke mich.

G. und ich sind nicht böse aufeinander, wir haben uns nicht *entzweit*, wir sind nicht *auseinander* – wie denn auch, da wir nie *zusammen* waren – wir sind nach wie vor befreundet, wir treffen einander, trinken Kaffee, erzählen uns unsere Sorgen. Aber ich freue mich nicht mehr auf G., nicht mehr so wie früher. Ich freue mich auf G. nicht mehr als auf andere Menschen. Manchmal freue ich mich auf andere Menschen mehr als auf ihn, meine Freundinnen zum Beispiel sind meistens lustiger als er, der es sich zur Gewohnheit gemacht hat, erschöpft auf Kaffeehausstühle niederzusinken, seufzend seinen Tagesstress vor mir auszubreiten, seine Sorgen zu apportieren, als wolle er dafür gelobt werden (schau her, wie ich dir vertraue), unterdrückt zu gähnen, seine Müdigkeit zu beklagen.

Ich bin nicht seine Mutter. Ich bin nicht seine Ehefrau. Die Abladestation für Ärgernisse zu spielen ist die Rolle einer Ehefrau. Die verständnisvolle Geliebte hört mitfühlend zu, wenn der Liebhaber das Unverständnis seiner ungeliebten Gemahlin beklagt, aber Alltagsplagen fallen in das Ressort der Ehefrau. Finde ich. Und überhaupt, bin ich denn noch Geliebte oder nur noch gute Freundin? Und falls ich nur noch gute Freundin wäre, müsste ich mir dann anhören, was ihm alles an Beschwerlichem widerfahren ist? Okay, ja, Freundschaft bedeutet auch Beistand, aber doch nicht ausschließlich und nicht einseitig. Wieso können meine Freundinnen lustig sein und G. nicht?

Ich will mich wieder auf G. freuen. Ich will mich auf G. wieder mehr freuen als auf andere Menschen! Wozu mein Beharren auf G., wenn er meine Tage nicht erhellt, wenn Treffen mit ihm nichts Besonderes sind, wenn Botschaften von ihm nicht mehr bedeuten als beliebige SMS von beliebigen Menschen?

Ich schreibe G. einen Liebesbrief, justament, elektronisch natürlich, ich will mir G. als Ziel meiner Sehnsüchte und als Subjekt meiner romantischen Verklärungen erhalten, das muss doch möglich sein, verdammt noch einmal.

Von G. kommt was Feuriges zurück, na, bitte, es geht ja, G. ist immer noch der Alte, ich muss nur aufhören, ihn als hoffnungslosen Fall zu sehen.

G. hatte Freunde zu Gast, er erzählt davon, nebenbei, und ich gewinne den Eindruck von einer Spießerrunde beim Kaffee. Wenn ich mit G. lebte, würden meine Sonntagnachmittage, meine Abende dann so ausschauen: ich als Hausfrau spießige Runden bewirtend, mich im Gespräch zurückhaltend, damit ich nicht mit wütendem Widerspruch in Ansichten platze, die nicht meine sind, oder mit wütendem Widerspruch die ganze schöne Geselligkeit kaputtmachend – wäre das denn eine Option?

Wir wären ein gutes Paar geworden, sagt Wolf überraschend, aber du wolltest ja nicht.

Ich sitze mit Wolf in einem Lokal, wir essen vor uns hin und schwatzen, und plötzlich sagt Wolf das.

Ich kenne Wolf, seit ich neunzehn bin, und es stimmt, dass wir ganz am Anfang miteinander umgegangen sind wie zwei, aus denen vielleicht ein Paar wird. Es ist aber nie eines aus uns geworden. Seit einer Ewigkeit sind Wolf und ich gute Kumpel, ich wäre nicht auf die Idee gekommen, dass er sich überhaupt an die Zeit erinnert, als es anders war. Ich selber erinnere mich kaum daran.

Wolf war und ist ein attraktiver Mann, trotzdem habe ich ihn nie als Partner in Betracht gezogen, ich war froh, ihn zum Freund zu haben, einer Liebesbeziehung mit ihm fühlte ich mich nicht gewachsen. Wolf war siebenundzwanzig, als ich neunzehn war, das hielt mich auf Abstand. Ich fühlte mich ihm unterlegen, an Jahren, an Wissen, an Selbstbewusstsein, das ließ ich mir nicht anmerken, aber hätte ich mich näher auf ihn eingelassen, hätte er mich enttarnt, und das wollte ich vermeiden. Sein Vorsprung hätte einer Liebesbeziehung zwischen uns nicht gut getan, ich war noch nie scharf darauf, zu einem Mann aufzublicken, und Wolf hätte das eingeschüchterte Mädchen ebenfalls abgelehnt, das er damals möglicherweise aus mir gemacht hätte.

Als ich dann so weit war, ihm Paroli zu bieten, waren wir längst auf Freundschaft programmiert, und das ist gut so.

Du warst doch immer vergeben, sage ich.

Nein, war ich nicht, sagt er.

Wenn wir ein Paar geworden wären, wären wir jetzt geschieden und verfeindet.

Er schaut zweifelnd. Vielleicht. Vielleicht auch nicht.

Wir werden's nie erfahren, sage ich.

Ich war deine Chance, sagt Wolf. Aber du hast sie nicht genützt.

Ich habe keine Ahnung, warum er mir das auf einmal unter die Nase reibt. Vielleicht kratzt es an seinem Ego, dass ich so viel Wind um G. mache, das wäre verständlich, auch mir geht es auf die Nerven, wenn mir Männer von einer anderen Frau vorschwärmen, schon gar, falls ich finde, dass diese Frau keine Begeisterung verdient.

Wie übrigens Wolfs Frauen, die ich noch nie inspirierend fand, um es höflich auszudrücken. Wolf hat eine Vorliebe für arrogante Upper-Class-Ziegen, eine davon hat er geheiratet, und konsequenterweise betrügt er sie auch mit Repräsentantinnen derselben Spezies, soweit ich das beobachten kann, wie ich in sein Beuteschema gepasst hätte, weiß ich nicht.

Anders als für G. zählt für Wolf allerdings nicht Geld, sondern nur gesellschaftliche Reputation, seine Ehefrau hatte das, was man einen klingenden Namen nennt, ehe sie ihn Wolf zuliebe aufgab (damals hieß Heirat noch, den Namen des Mannes annehmen zu müssen), und auch seine Geliebten pflückt er gern von alten Stammbäumen. Dabei ist er eigentlich kein Snob. Ich glaube, er nimmt sich einfach nur, was ihm seiner Meinung nach zusteht, und dazu gehören offenbar Frauen, die er nicht erlösen, erretten, gesellschaftlich verankern oder bilden muss. So gesehen würde ich doch wieder in sein Beuteschema passen, nur dass gegenseitiges Erbeuten schon lange kein Thema mehr zwischen uns ist. Irgendwie habe ich auch den Verdacht, dass Wolf auf artistische Sexualpraktiken steht. Wenn er andeutet, wie sehr ihn diese oder jene Geliebte auf Touren gebracht hat, kriegt man leicht das Gefühl, man sollte schleunigst zum Fitnesstraining aufbrechen oder den eingesprungenen Doppelaxel trainieren. Ich möchte mich aber gehen lassen beim Sex und nicht überlegen müssen, welche Muskelstränge es wie zu betätigen gilt, damit ich als Meisterin der Liebeskunst rüberkomme.

Es ist, wie es ist, sage ich zu Wolf.

Gefühlsmüßig stehe ich fast immer auf Seiten der Erstfrauen, und meistens liege ich damit insofern richtig, als sie ihre üble Nachrede selten verdienen.

Ich bin umgeben von Männern mit Zweitfrauen und von Frauen mit Zweitmännern, alle Welt lässt sich munter scheiden und paart sich erneut, nur G. spielt den konservativen Fels in der Brandung der Promiskuität, was habe ich an mir, das verhindert, dass er bereit ist zum Bäumchenwechsle-dich, es muss was Besonderes sein.

Dennoch, obwohl ich G.s Ehefrau gern die legitimen Rechte absprechen würde, solidarisiere, ja identifiziere ich mich ansonsten mit denen, deren legitime Rechte gefährdet oder bereits aufgehoben sind. Es macht mich wütend, wenn sie nachträglich zu einem bloßen Irrtum erklärt werden – die Vergangenheit mit ihnen angeblich nichts als Müll, zu entsorgende Altlast, alle ihre Bemühungen im Nachhinein nur Beweise ihrer Unzulänglichkeit.

Endlich gibt's in diesem Haus anständigen Kaffee, sagte seinerzeit mein Schwiegervater, als mein Schwager die bemühte, überforderte Mutter seiner schwierigen Kinder gegen eine smarte Freundin eingetauscht hatte, die mit großem Relaunch-Getöse durch den Haushalt rauschte. Hätte er die arme Haut von Exschwiegertochter nicht wenigstens auf dem jämmerlichen Talentsektor Kaffeekochen ungeschoren davonkommen lassen können?

Meine reflexhafte Parteinahme für die Frau mit den älteren Rechten verblüfft mich, weil ich doch zur Gegenseite gehöre. Warum identifiziere ich mich nicht mit den smarten Nachfolgerinnen? Weil ich mir mich nicht in Siegerinnenpose vorstellen kann?

Mein langjähriger Automechaniker ruft mich an. Er will sich von mir verabschieden, er verlässt die Werkstätte, er geht in Pension. In Hinkunft wenden Sie sich bitte an. Ich will mich aber nicht an Menschen wenden, die jünger sind als ich. Ich will mich nicht an Menschen wenden, die meine Kinder sein könnten. Ich will mich an Autoritäten wenden können, wenn ich etwas brauche auf Gebieten, auf denen ich mich nicht auskenne. Autoritäten haben älter zu sein als ich. Autoritäten haben einen Wissensvorsprung, der sich in einem Altersvorsprung auszudrücken hat. Ich will Erfahrung, Kompetenz, Überlegenheit. Es ist unmöglich, dass ein Mensch, der jünger ist als ich, über die nötige Erfahrung, Kompetenz und Überlegenheit verfügt, ich selber bin ja nicht erfahren genug, ich habe noch lange nicht genug Erfahrungen gesammelt, um mich reif und überlegen zu fühlen. Wenn andere, die jünger sind als ich, sich nicht unerfahren fühlen, sondern erfahren genug, dann stimmt was nicht mit ihnen.

Wie komme ich dazu, dass die Ärzte meines Vertrauens nach und nach in Pension gehen, dass sich die Apothekerin, an die ich gewöhnt bin, in den Ruhestand verabschiedet, dass die Kosmetikerin zusperrt, und jetzt auch noch der Automechaniker, wenn ich könnte, würde ich es ihnen verbieten. Das gehört sich nicht.

Als ich jung war, gingen Menschen in Pension, weil sie *wirklich* alt waren, und wurden durch Fachleute ersetzt, die immer noch ein gutes Stück älter waren als ich. Das war in Ordnung. Aber jetzt verlassen mich Gleichaltrige, nur um sich ein feines Leben ohne mich zu machen, schutzlos lassen sie mich zurück, verloren stehe ich in der Apotheke, vor der neuen Ordinationshilfe der neuen Ärztin, in der Autowerkstatt, in der man mich nicht mehr als geschätzte Stammkundin begrüßen wird, sondern nur noch als eine Art Restposten, eine von den möglicherweise lächerlichen Figuren, die der *Alte* hinterlassen hat.

Die Autoritäten, denen ich vertraut habe, liefern mich aus an unbekannte junge Leute, denen es bestimmt völlig egal ist, ob ich ihnen vertraue, und falls ich ihnen vertraue, dann schreiben sie es seniler Hilflosigkeit zu, irgendwie müssen sie das Missverhältnis ja erklären, das daraus entsteht, dass sie jung, aber Autoritäten sind, während ich älter bin, aber keine Autorität, jedenfalls nicht auf dem Gebiet, auf dem sie sich auskennen. Ich kann mir jetzt aussuchen, ob ich als hilflose oder als störrische Alte gesehen werden will, was für Optionen, herzlichen Dank.

Können Sie es sich nicht noch einmal überlegen, frage ich den Automechaniker. Er hält es für einen Scherz, und wir lachen beide herzlich.

Ich habe ein neues Handy und kann es nicht leiden. Ich vertippe mich. Ich finde die Sonderzeichen nicht. Das Menü kommt mir unsinnig vor.

Ich will mein altes Handy zurück. Vielleicht bin ich ja krankhaft anhänglich?

Ich bin eingeladen und habe mich, wie man so sagt, schön gemacht. Außerdem habe ich einen guten Tag, kein müder Teint, keine allergisch geröteten Augenlider, keine hängenden Mundwinkel. Ich kriege Komplimente für mein Aussehen und mein Styling. Nur zu, weiter so, tut euch keinen Zwang an, wofür sonst habe ich mich dreimal umgezogen, ehe ich aufgebrochen bin?

Ich kenne nicht alle Anwesenden, zum Beispiel kenne ich die übergewichtige Frau mit den schlechtgeschnittenen mausfellfarbenen Haaren nicht, die sich jetzt der allgemeinen Lobhudelei anschließt und gönnerhaft zu mir sagt: Also wirklich, wenn ich in Ihrem Alter noch so aussehe wie Sie, schlecke ich mir alle zehn Finger ab …!

Was, wie? Ist sie übergeschnappt?

Sie schaut doch jetzt schon nicht so aus! Sie wird nie so aussehen wie ich!

Kommt diese fette Urschel daher, mit ihrem dünnen Haar und der Knollennase, und ist allen Ernstes gönnerhaft zu mir, weil sie noch nicht in meinem Alter ist!

Wie alt oder wie jung ist sie denn überhaupt? Ich halte sie nicht für jung. Vielleicht ist sie jünger als ich – bedauerlicherweise sind immer häufiger Leute jünger als ich, die ich a priori nicht für jünger halten würde – aber *jung* ist sie nicht. Nicht die da.

Wie alt sind Sie denn?, frage ich, und sie kichert und sagt, wie alt sie ist (was jünger ist, als ich jemals gedacht hätte) und dass sie demnach noch fünfzehn Jahre Zeit hat, um sich an meinem Aussehen ein Beispiel zu nehmen. Eine unglaubliche Frechheit, obwohl es unter uns zwanzig Jahre sind. Trotzdem hätte sie nicht fünfzehn Jahre sagen dürfen. Auch nicht zehn, wenn ich es mir recht überlege, nicht einmal fünf, so wie sie ausschaut. Dass sie so jung ist, macht es noch schlimmer, dass sie so alt ausschaut.

Sei nicht bissig, sagt Wolf, als ich ihm davon erzähle, aber he, ich habe nicht angefangen. Die Urschel hat die Feindseligkeiten eröffnet mit ihrem unzulässigen, unverschämten Vergleich. Und wenn ich schon eine Alte sein muss, dann will ich wenigstens eine bissige Alte sein dürfen.

G. erzähle ich die Geschichte nicht, das hätte noch gefehlt, dass ich ihn auf die Idee bringe, mich als Alte zu sehen.

So viel, was ich zu G. nicht sage, nicht sagen kann. So viele Tabus zwischen uns. Was ich alles nicht frage, weil ich davon ausgehe, keine offene Antwort zu kriegen. Was ich alles nicht ausspreche, damit kein Frost über uns hereinbricht. Was er alles nicht sagt und nicht erzählt. So dünn das Eis, auf dem wir uns bewegen, oder eigentlich nicht bewegen, sondern still halten, wie erstarrt.

Natürlich ist all die Schönheit nicht umsonst (umsonst im Sinn von kostenlos). Von nichts wird nichts. Ich gebe Geld aus für meine Schönheit, und nicht zu knapp. Mein kunstvoller Haarfarbenmix auf dem Kopf, der Haarschnitt, meine Kleidung, meine Schuhe, die Pediküre in regelmäßigen Abständen, die Kosmetikerin – alles ganz schön teuer. Ich könnte mir einen Haufen Geld sparen, wenn ich mich damit abfände, in Ehren ergraut meine alten Klamotten aufzutragen, meine schwieligen Füße in ausgetretene Schuhe zu stecken und mir einen Oberlippenbart wachsen zu lassen.

Ich weiß, wie es ist, sich das Schönsein nicht leisten zu können. Niemand ist schön ganz ohne Aufwand. Jede Schönheit kann ramponiert werden, wenn man entsprechend brutal gegen sie vorgeht. Fitzle einer schönen Person das schöne Haar zu kurzen Zotteln und stecke sie in unförmige Kleidung, schon ist es schwer, ihre Schönheit wahrzunehmen. Ich war meine Schulzeit hindurch das Mädchen mit dem praktischen Kurzhaarschnitt, dem praktischen Schuhwerk und den langweiligen Faltenröcken. Wir mussten sparen. Als ich ein Mädchen war, gab es keine preiswerte Mode. Ich spähte sehnsüchtig in die Auslagen der Boutiquen, alles darin war unerschwinglich für mich. Wahre Schönheit kommt von innen, dass ich nicht lache. Ich war, wie ich heute weiß, so übel nicht unter meiner

Engerlings-Verpuppung, von der meine Mutter behauptete, dass sie meine innere Werte zur Geltung brächte (sie hielt Eitelkeit und Intelligenz für natürliche Gegensätze), aber in der Tanzschule punktete Britta mit den Pettycoats und den modischen Mohairpullis, trotz Akne.

Deswegen, jawohl, darf ich jetzt ruhigen Gewissens in Tand und Körperpflege investieren, ich bin moralisch dazu berechtigt, ich habe einen Kompensationsbedarf, der noch lange nicht gestillt ist.

Manchmal frage ich mich allerdings bang, wie das später sein wird, wenn mir das Erwerbsleben vielleicht einmal die Tür vor der Nase zuschlägt und ich von einer kleinen Pension leben muss, wo nehme ich dann das Geld her für *natürliche* Haarfarben und Wachsbehandlungen und topmodische Kostüme oder das, was dann gerade topmodisch ist?

Ich will keine graue Alte werden, schon deswegen nicht, weil ich gut behandelt werden möchte. Graue Alte werden nicht gut behandelt. Ich mache durch Auftreten und Aussehen klar, das man mit mir nicht nach Belieben verfahren kann. Ich sehe aus wie eine, die sich nichts gefallen lassen muss, und so möchte ich weiterhin aussehen. Wer arm und alt und grau daherkommt, hat schon verloren, so eine signalisiert durch ihren bloßen Anblick, dass sie sich alles mögliche gefallen lassen muss, es gilt, nach finanzieller Potenz auszusehen, das ruft Respekt hervor, finanzielle Potenz heißt generelle Potenz, sogar ein Krückstock in der Hand einer finanziell potent erscheinenden Person wird nicht zum Symbol körperlichen Machtverlusts, sondern zur potenziellen Waffe, mit der nach Unbotmäßigen geschlagen werden kann. Was kostet die Welt, ich kauf sie mir, wenn sie nicht nach meiner Pfeife tanzt – danach muss man ausschauen, je älter man wird, desto mehr.

G. will bei mir übernachten, er kündigt sich als Übernachtungsgast an. Das ist nicht so schwierig für ihn, organisatorisch, sein ehelicher Wohnort ist nicht identisch mit dem Ort seiner Berufsausübung, G. pendelt morgens weg und abends heim, aber nicht jeden Abend, wenn es später wird, übernachtet er am Ort seiner Berufsausübung, nämlich hier, in meiner Stadt, jedoch nicht in meinem Haus. G. hat eine kleine Wohnung, eine Absteige in der Innenstadt, ich bin nie dort, wozu auch. Er könnte durchaus öfter bei mir übernachten, seiner Frau würde es nicht auffallen. Er nimmt diese Option aber nur selten wahr, vor allem in letzter Zeit immer seltener, aushäusig übernachtet er nur dann, wenn seine viele Arbeit das notwendig macht, nicht jedoch, um einem zweiten Familienleben nachzugehen, das muss man verstehen. Ich zumindest verstehe es so, denn G. hat sich nie derartig geäußert, er gibt an, die Lage meines Hauses unpraktisch zu finden, zu weit draußen, wenn er am nächsten Tag wieder in die City will, wo er seine Termine hat, steckt er im Stau.

Aber manchmal dann doch. Immerhin.

G. kündigt sich an, und ich ertappe mich dabei, dass mir als erstes leid ist um eine bequeme Nacht. Ja, ehrlich, ich habe mich schon in meinem breiten Bett gesehen, von Bücherstapeln umgeben, das Gesicht mit Fettcreme verkleistert, vielleicht mit einer Wärmeflasche im Kreuz, und jetzt das. Ich will mein Schlafzimmer für mich. Ich will meinen Körper für mich. Mir ist nicht nach Nähe. Ich fühle mich entwöhnt und lustlos.

Am liebsten möchte ich absagen. Doch bevor ich es tun kann, tut er es. Zwei Stunden vor seinem angekündigten Besuch ruft er an. Leider, Terminplan über den Haufen geworfen, nichts geht sich aus, er ist noch bis spät nachts beschäftigt, danach fährt er heim, weil er am nächsten Morgen in seinem Wohnort eine Besprechung hat, ist er nicht ein armes Schwein, ich soll ihn bedauern.

Sofort bin ich tief enttäuscht und gekränkt. Jetzt sehe ich uns in meinem breiten Bett, Haut an Haut, sensible Finger an sensiblen Stellen, zungenfertige Münder auf Körperwanderung, ein Bild, das nicht Realität werden kann, weil G., der Schuft, nicht kommt.

Ich hasse dich, sage ich.

Ich liebe dich, sagt G.

Nix da armes Schwein, schreibe ich G. später per SMS, sondern dummes Schwein, denn du schneidest dich ins eigene Fleisch.

Ich gehe mit G. mittlerweile unbefangen um, burschikos, manchmal fast grob. Kein vorsichtiges Abwägen mehr, kein Hangen und Bangen, kein Erfassenwollen von Schwingungen, kein Warten auf Gleichklang. Kein Getänzel, sondern Gradlinigkeit.

Du spinnst, sagt Wolf gelangweilt. So viel Seelenaufwand. Das verdient der nicht.

Ich spinne nicht mehr als du, antworte ich giftig.

Na wirklich, wer hat denn gerade seufzend die Zeiten beschworen, als es mit der Geliebten noch so berauschend, so himmelstürmend, so seligkeitsspendend war?

Die Internet-Partnerbörse schaltet mich zwei Tage lang frei für Kontaktaufnahmen, ein Wochenend-Lockangebot, und ich schreibe einem Edeltraud-Adoranten. Jetzt mal ehrlich, schreibe ich, was reizt dich an einer Frau, die nix im Kopf hat als Backen, Blumenpflege und ihre Unterwäsche? So eine willst du? Warum? Er antwortet mir nicht, verständlich einerseits, aber auch unsportlich, ein bisschen habe ich gehofft, dass er sich der Herausforderung stellt und mir in einfachen Worten erklärt, was ihn zu einer wie Edeltraud zieht und weshalb.

Diese zunehmende Zickigkeit. Ich halte Zigarettenrauch nicht mehr aus. Ich halte langweilige Gespräche nicht mehr aus. Immer öfter erscheinen mir Gespräche zum Nicht-Aushalten langweilig.

Ich sitze unter Rauchenden, die Luft zum Schneiden, jeder Atemzug ein stechender Schmerz, und plötzlich frage ich mich, ohne mein Zutun frage ich mich das, ich kann gar nichts dagegen machen, wieso soll ich für das bisschen Gesellschaft mit ächzenden Bronchien zahlen? Immer häufiger die überfallsartige Gewissheit: Ich verschwende hier Zeit (auch ohne dass geraucht wird). Ich bete im Geist den Aufwand her, den mich gesellige Treffen kosten, und stelle ihn dem Gewinn gegenüber, und nur noch selten rechtfertigt der Gewinn den Aufwand. Da habe ich Arbeit liegen gelassen, mich abgehetzt, es wird spät werden, ich habe eine lange Heimfahrt vor mir – und alles nur dafür, dass ich jetzt hier sitze und mich, wenn ich ehrlich bin, fadisiere? Wo bleibt der intellektuelle Nutzen? Wozu erzählen wir einander die Leitartikel der letzten Woche und tun so, als wären es unsere eigenen Überlegungen? Wieso glauben wir, die anderen hätten die Leitartikel nicht gelesen und wüssten demzufolge nicht, dass wir fremde Überlegungen zitieren?

Kann bitte irgendjemand einmal einen neuen Gedanken ins Spiel bringen?

Ich werde, wenn ich nicht aufpasse, eine einsame Alte werden. Nein, ich werde, obwohl ich aufpasse, eine einsame Alte werden. Ich beobachte meine abnehmende Duldsamkeit und meine Rückzugstendenzen, und obwohl ich ahne, dass mich der Rückzug unglücklich machen wird, werde ich ihn nicht verhindern können, weil mich auch die Geselligkeit nicht mehr glücklich macht.

Meine mieselsüchtigen Unkosten-Nutzlosigkeits-Rechnungen scheuen nicht einmal vor G. zurück. Das ist ein Alarmzeichen. Der Gewinn durch einen Liebhaber wird nicht in Frage gestellt, wenn der Liebhaber seine Pflichten erfüllt. Ein Liebhaber hat die Pflicht, für Spannung und Euphorie zu sorgen. Plötzlich sollte man Bäume ausreißen können oder doch zumindest fade Gespräche interessant finden, weil alles, alles aufregend wird, wenn ein Liebhaber seiner Aufgabe nachkommt, den Alltag mit Erwartungs-Lametta zu behängen.

Ich surfe durch die Internet-Partnerbörsen zu dem Zweck, G. zu vergessen oder zumindest für nicht so einmalig zu halten, vielleicht sogar, um Ersatz für ihn zu finden, aber der Effekt, den ich erziele, besteht darin, dass mir G. am Ende kostbarer vorkommt als vorher. Lieber G. mit all seinen Mängeln als diese Freaks.

Er wünsche sich von einer Partnerin, dass sie seinen über alles geliebten Hund ebenfalls lieb gewinne, schreibt einer.

Ja, er schreibt tatsächlich *über alles geliebter Hund*, was stellt er sich vor, welche Frau soll scharf sein auf einen emotionalen Dreier, noch dazu mit einem Hund? Aber wahrscheinlich werden sich schon welche finden, vermutlich ganz normale, liebenswürdige, liebesbedürftige Frauen, die sich bewerben werden um den Job als Mitliebende in einer Lebens- und Liebesgemeinschaft mit Hund. Immer finden sich ganz normale, liebenswürdige Frauen, die unglaubliche Verrenkungen auf sich nehmen, um vielleicht doch noch zu ein bisschen Zuneigung zu kommen, es ist verblüffend.

Nicht, dass ich die emotionale Bindung an einen Hund nicht verstehen könnte, ich hatte ja selber Haustiere, die ich, oh ja, geliebt habe, doch *über alles* geliebt geht zu weit, ganz entschieden, wirklich.

Ich stelle mir den über alles geliebten Hund als extra scharfen Dobermann vor, der seinen Herrn misstrauisch bewacht, bereit, jeder sich nähernden Frau knurrend an die Gurgel zu springen, und ich male mir aus, wie sein Herr gemütlich lachend zur jeweiligen Frau sagt: Ja, mit dem musst du dich gut stellen, wenn du's mit mir treiben willst, und wehe, du machst was falsch.

Alice nennt mir erneut Freundinnen, die mittlerweile ihr Glück gefunden haben durch das Internet, und ich sage, die würden ihr Glück auch mit einem Schaufelbagger finden, die fahren einfach durch die Gegend, und was die Schaufel erwischt, wird genommen.

Übrigens zeichnet sich ein neuer Joe ab, ich habe ihn auf einem Seminar kennengelernt, er war gleich interessiert. Er wäre bereit, sein Leben mit einer Frau zu teilen, nein, eigentlich ist er auf der Suche nach einer, die sein Leben teilt, aber ich will kein halbes anderes Leben, ich will mein eigenes und einen, der daran teilnimmt, allerdings nicht öfter und nicht mehr, als mir lieb ist. Ich finde mein Leben viel reizvoller als das Leben der Joes, aller Joes, die ich kenne, vielleicht gibt es ja irgendwo einen, dessen Leben ich so reizvoll fände, dass ich es teilen wollte, aber den habe ich noch nicht getroffen.

Auch bei G. bin ich mir nicht sicher, ob ich sein Leben würde teilen wollen, auch ihn wollte ich lieber zur Teilnahme an meinem Leben einteilen, und inzwischen habe ich meine Zweifel, ob das gut ginge.

Und nicht nur, dass ich mein Leben attraktiver finde als die Leben der Joes, wäre ich auch darauf bedacht, nicht zu viel abzugeben von meinem Leben. Kein Joe als Begleitung auf Festen, auf denen ich ungestört meinen Selbstwert aufrüsten möchte, zum Beispiel. Mein Selbstwert gewinnt durch Flirten mit Männern, die nicht zu mir *gehören*, sondern die sich mir zugesellen aus frischem, eben erwachtem Interesse.

Meistens gehe ich allerdings hin in der mittlerweile albernen Hoffnung – in *meinem* Alter! – auf Funkenflug und neue Bekanntschaften, und lande am Ende doch nur wieder in einem Haufen altbekannter Weiber, mit denen ich in einer Ecke abhänge, wo wir Beziehungsfrust in Rotwein ertränken. Aber dabei würde ein Joe erst recht stören, und es ist mehr als fraglich, ob die Anwesenheit eines Joes an meiner Seite lustiger wäre als das Abhängen mit anderen Weibern. Nein, ehrlich, das hätte mir gerade noch gefehlt, ein Joe als Klotz an meinem Bein, bei jedem Gespräch dabei, ständig müsste man ihn vorstellen und danach wüssten die Leute nicht, was mit ihm, in seiner Gegenwart reden, es würde langweilige Konversation betrieben, und schließlich stünde man mit dem Joe als Insel im Gewühl der anderen, eins der Paare, die sich auf Festen in einer Zweier-Blase miteinander langweilen, oder jedenfalls isoliert sind in ihrer Zweisamkeit, bis der jeweilige Joe zum Aufbruch drängen kann, weil man nun lange genug geblieben sei. Die Joes drängen gern auf Aufbruch, man merkt ihnen an, dass sie das von Anbeginn an wollen, schon hat man ein schlechtes Gewissen, weil man sie mitgeschleppt hat und noch bleibt.

Über alles geliebt. Hierarchien der Zuneigung. Dass einer seinen Hund an erste Stelle setzt, ist pervers, aber warum erstellen Leute überhaupt Rankings? Und wenn sie Rankings erstellen, warum teilen sie sie anderen mit?

Vielleicht würde ich mein Leben aufs Spiel setzen, um dich aus einem brennenden Haus zu retten, sagte einmal mein Ehemann – der damals noch nicht mein Ehemann war – zu mir, vielleicht würde ich dich ja retten, aber zuerst würde ich meine Mutter retten, das wäre ich ihr schuldig, sie hat mir das Leben geschenkt.

Warum sagst du mir das, antwortete ich verblüfft, ich habe dich gar nicht danach gefragt.

Aber vielleicht willst du es wissen, sagte er.

Nein, sagte ich, ich will es nicht wissen. Wenn du deine Mutter zuerst retten würdest, dann behalte es für dich und teile es mir nicht extra mit.

Das beleidigte ihn. Immerhin hatte er erklärt, eventuell sein Leben für mich riskieren zu wollen. Wenn das kein Liebesbeweis war. Wieso freute ich mich nicht darüber?

Du hast gesagt, du rettest mich nur, wenn es sich ausgeht, antwortete ich.

Ich bin eben ehrlich, sagte er. Hätte ich lügen sollen? Würdest du wollen, dass ich meine Mutter im Stich lasse?

Nein, sagte ich, ich möchte es bloß nicht so genau wissen.

Später behauptete er, ich hätte von Anfang an etwas gegen seine Mutter gehabt, das hätte ihm eine Warnung sein sollen.

Als sie todkrank wurde, brachte er es allerdings nicht fertig, an ihrem Sterbebett zu sitzen. Wenn er sie im Krankenhaus besuchte, flüchtete er nach kurzer Zeit ins Schwesternzimmer, wo er die gerade anwesenden Pflegerinnen und Ärzte in Gespräche über Gesundheitspolitik oder medizinische Neuigkeiten verwickelte. Zu seiner Mutter kehrte er nur zurück, um ihr auf Wiedersehen zu sagen.

Meine Freundinnen behaupten, es ist eine Schande, wie wichtig ich G. nehme. Das mag sein, aber sie gehen mir ja auch mit schlechtem Beispiel voran. Kaum taucht ein Mann auf, der sie interessiert, tauchen sie mit ihm unter. Unsere gemeinsamen Unternehmungen, geselligen Abende, fröhlichen Reisen – nichts als Überbrückungsmaßnahmen, möchte man meinen, bis einer in ihr Leben tritt, der seine Abende mit ihnen teilt und mit ihnen verreist, im besten Fall einer, der nichts dagegen hat, wenn alte Freundinnen gelegentlich mitkommen ins Kino. Manchmal habe ich mich im Verdacht, dass ich seinerzeit nur geheiratet habe, weil alle meine Freundinnen und Freunde nach und nach ins Kleinfamilienleben verschwunden sind, das trieb einen ja geradezu in die Zweisamkeit.

Nach der ersten Scheidungswelle dann die Reunion der Gestrandeten und Nestflüchtlinge, Rückbesinnung auf alte progressive Werte, wir Frauen alle feministisch (entweder *wieder* oder *endlich*), wer braucht schon einen Mann außer zum Vögeln, gibt es was Besseres, als frei, selbständig und unabhängig zu sein, halleluja.

Seither spült uns das Leben mal an-, mal auseinander, die gerade Freien und Unabhängigen sind für alle anderen verfügbar, die Gebundenen machen ihre Präsenz von der Verfügbarkeit respektive temporären Nicht-Verfügbarkeit des aktuellen Schatzis abhängig: Du, am Donnerstag hätte ich Zeit, da ist der Peter in Düsseldorf.

Woher nehmen *die* die Berechtigung, mir G. übel zu nehmen?

Ich bin nicht *fixiert* auf G. Ich bin nicht fixiert auf die Idee, einen Mann vorweisen zu müssen. Ich bin gern frei und unabhängig, aber ich habe verdammt noch mal weder ein Schweige- noch ein Einsamkeits- oder ein Keuschheitsgelübde abgelegt. *Die* lassen sich ihre Peter ja auch nicht verbieten. *Die* würden sich schön bedanken, wenn man ihnen sagte: Muss es denn ausgerechnet Sex mit Peter sein? Sex kann man doch mit jedem haben! *Die* sind so gern mit ihren Peters zusammen, dass sie mit mir nur dann zusammenkommen wollen, wenn das Zusammensein mit mir keinen Verlust an gemeinsamer Zeit mit ihrem Peter verursacht, wieso soll *ich* mit G. nicht gern zusammen sein wollen?

Du redest und redest, aber du stellst keine Forderungen, sagt Wolf. Warum forderst du nicht einfach, was du willst, und basta?

Ich stelle keine Forderungen, weil ich nie Papis Prinzessin war. Papis Prinzessinnen dürfen fordern, geduldete Töchter nicht.

Mein Vater war nie stolz auf mich, obwohl er allen Grund dazu gehabt hätte. Ich war nie stolz auf meinen Vater, und ich hatte auch keinen Grund dazu.

So gesehen bin ich noch glimpflich davon gekommen, das Worst-Case-Szenario ist sicherlich ein Vater, auf den man stolz ist, während er einem seine Anerkennung verweigert. Trotzdem hätte es mir vielleicht geholfen, wenn mich meiner mit mehr Freude, Zuneigung und väterlicher Bewunderung betrachtet hätte. Vielleicht wäre ich dafür, im Gegengeschäft, ja doch stolz auf ihn gewesen, auch wenn es objektiv keinen Grund dafür gab.

Vielleicht ist das Worst-Case-Szenario sogar ohnehin ein Vater, der – obwohl selber nicht bewundernswert – die Tochter missachtet. Hat nichts vorzuweisen, was der Tochter imponiert, und lässt sie links liegen, als wäre sie noch unbedeutender als er. Wo soll eine Tochter da das nötige Selbstbewusstsein herkriegen?

Familienfluch. Auch der Vater meiner Kinder war kein in seine Kinder vernarrter Vater. Immer habe ich missgünstig auf Familien geschaut, in denen die Väter in ihre Töchter vernarrt waren. Meine Tochter, so schön, so charmant, so drollig, so originell, und ihr Vater so ignorant! Was für eine Ungerechtigkeit!

Nicht selten ist Papis kleine Prinzessin ein schiacher Trampel, wenigstens in den Augen aller anderen, aber es ist erstaunlich, welches Selbstbewusstsein die schiachen Trampel entwickeln, wenn sie als Papis kleine Prinzessin aufgewachsen sind. Sie sehen sich, wie er sie sieht, und mit seinem Bild von sich treten sie auf: fordernd, überzeugt, dass das Beste gerade gut genug für sie sei.

Diese Selbstherrlichkeit ist unerreichbar für uns, die wir nie Papis Prinzessin waren.

Im Internet lese ich, einer neuen US-Studie zufolge sei die häufigste sexuelle Störung, an der Frauen leiden, ein vermindertes sexuelles Verlangen. *Gesundheitliche Störung* von so und so vielen Prozent der weiblichen Bevölkerung nennen es die angeblichen wissenschaftlichen Koryphäen.

Gehen die allen Ernstes davon aus, dass Begehren oder Nicht-Begehren nichts damit zu tun haben, wie begehrenswert potenzielle Sexualpartner sind?, frage ich Alice. Wenn eine keine Lust hat auf einen lausigen Liebhaber, dann liegt's nicht am Liebhaber, sondern an ihrem defizitären Körper?

Was ist neu daran?, fragt Alice zurück. Das kennen wir doch. Nie sind die Lover langweilig, sondern immer nur die Frauen *frigid*.

Mit meiner Auftragslage steht es nicht zum Besten. Meine potenziellen Auftraggeber gehören mehr und mehr einer Generation an, der ich nicht mehr angehöre. Sie vergeben ihre Aufträge lieber an Gleichaltrige oder Jüngere, ich zähle langsam zum alten Eisen. Das ist keine Frage der Leistungen (niemand findet meine Leistungen unzureichend), sondern eine der Netzwerke, Clans, Soziotope. Jetzt sind welche am Ruder, die sind untereinander befreundet, weil sie sich in derselben Lebensphase befinden – einer Lebensphase, die nicht mehr meine ist – ihre Kinder sind etwa gleich alt und gehen gemeinsam zur Schule, sie treffen einander am Wochenende und fahren miteinander auf Urlaub. Diejenigen aus meiner Branche, deren Kinder so alt sind wie meine, und mit denen ich befreundet war, haben aus Altersgründen Macht abgegeben oder wurden entmachtet, jedenfalls ist von ihnen nicht mehr viel zu holen. Abgesehen davon habe ich irgendwann aufgehört, privat in der eigenen Branche zu verkehren, der ewige Insider-Tratsch, das Intrigieren, die boshafte Nachrede waren mir zuwider, das rächt sich jetzt. Hätte ich mich mehr um Hierarchien, Führungspositionen und darum gekümmert, dass eine Hand die andere wäscht, stünde ich nun möglicherweise besser da. Die Hände, die ich gewaschen habe, hatten und haben nichts zu vergeben, keine Aufträge, keine Versorgungsposten, keine Macht und keinen Einfluss.

Meine Hand bleibt ungewaschen.

Ich beneide G. um seine materielle Sicherheit. Ich beneide G., weil er sich keine Sorgen um seine Auftragslage machen muss, sondern selbstverständlich davon ausgehen kann, dass er sich zukaufen wird, was er an Dienstleistungen braucht, wenn seine Kräfte nachlassen. Ich beneide meine erfolgreich verheirateten Freundinnen, weil sie, statt Aufträgen nachjagen zu müssen, teure Reisen mit ihren Ehemännern planen können. Ich beneide sie weniger um die Reisen als um die Prioritäten, die sie setzen dürfen ohne negative Konsequenzen, ich würde mich auch lieber über ausgebuchte Fünf-Sterne-Hotels am Indischen Ozean aufregen als über geplatzte Aufträge, die meine Fixkosten für die nächsten drei Monate hätten finanzieren sollen.

Ich erwähne G. gegenüber meine geplatzten Aufträge nicht, ich sage auch nichts darüber zu meinen Freundinnen, ich darf kein Verliererinnen-Image riskieren, das würde sich bis in meine Branche herumsprechen und dann gute Nacht.

Ich telefoniere mit Dora, die fünfundachtzig ist und erfolgreich verheiratet war, bis ihr Ehemann starb und einen Berg Schulden hinterließ, von denen sie nichts geahnt hatte. Dora lebt sehr *zurückgezogen* seit dem Tod ihres Mannes, alle rundum führen das auf ihr Alter zurück und darauf, dass eine Frau ihrer Generation nicht ausgehen mag ohne Mann.

Dass ich nicht lache, sagt Dora in unserem Telefongespräch mit unerwarteter Offenheit, *am liebsten daheim*! Ich bin gar nicht am liebsten daheim, ich kann mir nur nichts anderes leisten.

Taxis sind ihr zu teuer, sagt sie, und vor dem Busfahren fürchtet sie sich, seit sie am Stock geht, immerzu hat sie Angst, sie schafft das Hinein- und Herausklettern nicht rechtzeitig. Und überhaupt, soll ich im Theater hoch oben *aufm Juchee* sitzen, wo ich nix höre und nix sehe?, fragt sie. Den großen Luxus hat sie nie gebraucht, sagt Dora, aber den kleinen vermisst sie. Einfach in Konzerte gehen können. Hinterher ein Glas Champagner im Sacher. Jedes neu erschienene Buch kaufen, das interessant ausschaut. Alle vierzehn Tage zur Massage. Die Heizung höher stellen ohne Rücksicht auf den Gaspreis. Die Handwerker kommen lassen, wenn was repariert werden soll, ohne langes Nachdenken und Nachrechnen.

Dora nennt mir ihr monatliches Budget, es ist ungefähr so hoch wie das, mit dem ich schätzungsweise einmal auskommen muss, falls ich nichts dazuverdienen kann, und ich spüre, wie mir eine eisige Hand an die Kehle fasst. Nein, so habe ich mir mein Alter nicht vorgestellt. Auch ich brauche den großen Luxus nicht, aber ich bin immer davon ausgegangen, dass ich mir den kleinen werde leisten können, das schien mir das Mindeste, was mir zustehen sollte nach den Mangeljahren meiner Jugend: ein Lebensabend in abgesicherter Behaglichkeit.

Jeden Kreuzer umdrehen müssen, so stellt sich *niemand* sein Alter vor, sagt Dora mit einem kleinen spöttischen Lachen.

Ich treffe einen ehemaligen Kollegen. Damals, als wir in derselben Firma gearbeitet haben, war er keine große Nummer, aber mittlerweile hat er es durch Beharrlichkeit in die Chefetage geschafft. Nicht etwa durch besonderen Einsatz – Fleiß und Zuverlässigkeit waren nie seine Stärken; aber er ist halbwegs intelligent und von sich überzeugt, das hat auf die Dauer gereicht. Nun ist er also ein gutaussehender Chef in meinem Alter und erzählt mir, wie die jungen Frauen auf ihn abfahren und sich um ihn reißen. Seine letzte Freundin war 23, er musste sich von ihr trennen, weil sie so eifersüchtig war – keine Souveränität, das Mädchen, naja, jung eben.

Er sieht gut aus, keine Frage, er ist der Typ, den das Älterwerden attraktiver gemacht hat, männlicher, aber ich sehe auch gut aus – kann man sich vorstellen, dass ein 23jähriger vor Eifersucht schäumt, wenn ich mit anderen Männern rede?

Alice betreibt jetzt etwas, das *Kontaktimprovisation* heißt. Wenn ich es recht verstehe, dann balgen sich dabei erwachsene Menschen, überwiegend Frauen, wie junge Hunde, sie kugeln miteinander und übereinander in einer Art Turnsaal herum, ob auf Matten oder ohne, weiß ich nicht. Und sie befummeln einander, obwohl man nicht befummeln dazu sagen darf. Alice sagt, das sei ein *Tanz*, bei dem man seinen *Körperimpulsen frei nachgeben* könne. Der Tanz *reflektiert Lebensthemen*, behauptet sie. Was immer das bedeuten mag.

Ich habe im Internet nachgesehen, offenbar eine Bildungslücke, dass ich so ahnungslos bin, denn die *Contact Improvisation* wird darin als eine Form des zeitgenössischen Tanzes bezeichnet, die es seit mehr als zwanzig Jahren gibt, und vielleicht ist sie ja wirklich eine ernstzunehmende Kunst, wenn man sich ihr ernsthaft widmet, aber das, was Alice ihrer Schilderung nach macht, kommt mir mehr wie einer dieser dubiosen Heilsfindungsprozesse aus der Esoterik-Schublade vor, bei denen Hausfrauen mit Empty-Nest-Syndrom nach ihren verschütteten Chakras graben.

Du meinst, du lässt dich von Menschen massieren, die das Massieren nicht gelernt haben, frage ich, Hauptsache, du wirst betatscht?

Ich male mir aus, wie eine schwitzende Frau mit Mundgeruch an mir herumgrapscht und -knetet, und schwöre mir: Nie soll es so weit mit mir kommen, dass ich Geld ausgebe, um die ungeübten Hände beliebiger Fremder auf mir zu spüren, nur, damit mich überhaupt noch Hände angreifen!

Alice findet meine Interpretation empörend, was ich mir vorstelle, lauter Zu-kurz-Gekommene? Genau, sage ich. Oder solche, die wissen, dass sie ab jetzt zu kurz kommen werden, und deswegen schnell was dagegen unternehmen wollen, und wenn's noch so was Verzweifeltes ist.

Ich kann mich mit G. nicht sehen lassen, oder vielmehr kann G. sich mit mir nicht sehen lassen, zu so genannten offiziellen Anlässen gehe ich daher allein oder mit einer Freundin, lieber mit einer Freundin als allein, weil man dann jedenfalls miteinander reden kann, wenn sich niemand sonst findet, mit dem man reden kann oder möchte, und außerdem bereitet es mir Vergnügen, zwischendurch mit einer Vertrauensperson über die anderen Anwesenden herzuziehen. (Ich sage bewusst *bereitet es mir Vergnügen* und vermeide die Wendung *macht es Spaß*, weil ich nicht auf Spaß aus bin. Spaß ist Gekreische, Gehüpfe, Gejohle, Einander-mit-Schaumwein-Bespritzen, Übers-Balkongeländer-Klettern, Angezogen-in-Pools-Springen. Alle wollen unerklärlicherweise Spaß, die Arbeit muss *Spaß* machen und sei es die als Leichenbestatter, man wünscht mir viel Spaß bei was auch immer; ich spekuliere aber nicht auf Spaßgewinn, wenn ich mir Macbeth anschaue, ja nicht einmal, wenn ich essen gehe, ich möchte mein Essen *genießen*, Jux und Tollerei wären dabei kontraproduktiv, keine scherzhaften Muscheln bitte.)

Ohnehin taugen zu Vertrauenspersonen besser Freundinnen als Männer, heißt es, aber das sehe ich nicht so, ich sehe Vertrauenspersonen geschlechtsneutral, Wolf zum Beispiel eignet sich gut dazu, oder besser: würde sich gut eignen, ist aber für offizielle Anlässe nicht verfügbar, schließlich hat er eine Ehefrau, wie würde das aussehen, wenn er als mein Begleiter mitkäme.

In letzter Zeit war ich viel mit Alice unterwegs, sie und ich, zwei on the road ohne partnerschaftliche Verpflichtungen; Yoga, Bridge und Kontaktimprovisation lasten Alice scheint's nicht aus. Lass uns Kontakte improvisieren, sage ich grinsend zu ihr, wenn wir aufbrechen zu Veranstaltungen, und sie schneidet mir eine Grimasse, die zeigen soll, wie öd meine Scherze sind.

Dann treffe ich Lotte auf der Straße, ich kenne sie lange, aber nicht besonders gut, wir haben gemeinsame Bekannte. Diesmal lädt sie mich spontan zu sich nach Hause ein, für den Zwanzigsten, ein paar Leute werden kommen und ihr Mann wird kochen, er kocht hervorragend. (Lotte erwähnt häufig die zahlreichen Tugenden ihres Mannes.) Ich komme gerne, sage ich.

Lotte schaut verschwörerisch. Du kannst auch jemanden mitbringen.

Ich lehne dankend ab.

Lotte intensiviert ihren verschwörerischen Blick. Du kannst auch Alice mitbringen.

Mir wird plötzlich klar, was sie meint, und ich sage lachend: Wenn du Alice einladen willst, wird sie sich bestimmt darüber freuen. Aber wenn du glaubst, wir sind ein lesbisches Paar, irrst du dich.

Lotte wird allen Ernstes rot und beginnt, Entschuldigungen zu stammeln.

Ich bleibe locker. Entschuldigung nicht nötig, wäre ja nichts dabei, entspricht nur nicht der Realität.

Als sie sich hastig verabschiedet, weiß ich, dass aus der Einladung wohl nichts werden wird (was mich nicht weiter betrübt), und so kommt es dann auch. Vielleicht bist du als Hetera eine Gefahr für sie, sagt Alice, vielleicht hat sie Angst um ihren herrlichen Mann. Vielleicht wollte sie bloß ihre liberale Gästerunde mit zwei Lesben anreichern, sage ich. Dann beschließen wir, dass Lotte einfach nur eine Spießerin ist, die sich für ihre Fehleinschätzung geniert.

Aber in Wirklichkeit ärgere ich mich. Vielleicht erzählt Lotte ja auch herum, dass ich eine Lesbe bin, die zu feig ist, sich zu outen und sich zu ihrer Gefährtin zu bekennen. Wer weiß, wer uns sonst noch aller für Lesben hält? Wer weiß, wer mir sonst noch mein ausbleibendes Coming out übelnimmt?

Ich bin keine Lesbe und ich möchte nicht als Lesbe gelten, weil ich keine bin. Wäre ich eine, würde ich mich dazu bekennen, aber ich bekenne mich nicht zu etwas, das nicht zutrifft.

Mein Ärger resultiert nicht aus Verdrängung. Ich finde attraktive Frauen attraktiv und anziehend, aber ich begehre sie nicht.

Ich habe, verdammt noch mal, keine Lust, mir einen falschen Ruf anhängen zu lassen. Ich bin an Männern interessiert, und ich möchte, dass Männer ihr Interesse an mir nicht deshalb verlieren, weil ihnen zugetragen wird, dass ich nur an Frauen interessiert wäre.

Nein, ich bin keine wimpernklimpernde Idiotin, die nichts anderes im Schädel hat als ihre Wirkung auf Kerle, aber habe ich, Herrgott noch einmal, plakatiert, dass für mich *game over* gilt?

Ich möchte gelegentlich mit Männern flirten. Ich möchte, dass Männer mit mir flirten (aber nicht, weil sie hoffen, über mich zu einem flotten Dreier mit zwei Lesben zu kommen). Es ist bedauerlich genug, dass dieses unschuldige Vergnügen durch mein fortschreitendes Alter eingeschränkt wird – ich gebe mich nicht der albernen Illusion hin, generationenübergreifend als attraktiv zu gelten – da brauche ich nicht auch noch das Hemmnis eines falschen Images.

Ich kriege einen extra Groll auf G., weil er schuld daran ist, dass ich mich jetzt mit einem falschen Image herumschlagen muss und zu sexuellen Präferenzen stehen soll, die nicht meine sind.

G. deutet lachend neue Versuchungen an, sagt, ich darf ihn nicht kränken, denn *die Konkurrenz schläft nicht*, macht auf Casanova, lässt offen, ob er den Versuchungen erliegen wird (alles nur im Scherz, selbstverständlich – oder doch nicht?), plustert sich als Gockel.

Grenzwertige Spielchen, grenzwertig, weil immer am Rand der Ernsthaftigkeit, des ernsthaften Bruchs, entweder reagiert er beleidigt oder ich, jetzt bist du aber zu weit gegangen, nein, du hast angefangen, warum so humorlos. Sei nicht so kleinlich, sagt G., lachend, gönnst du anderen Frauen nichts, wo bleibt die weibliche Solidarität?

Trottel. Ja, Trottel, denke ich, G. weiß nicht, dass ich ihn in solchen Momenten ehrlich verachte, seine selbstgefällige Überzeugung, er wisse, wie man Frauen manipuliert, seine listigen Alt-Herren-Blicke, er soll es nicht zu weit treiben, merkt er nicht, wie sehr mir sein blödes Gerede gegen den Strich geht?

Doch, er merkt es, und es macht ihm Freude, mich in die Enge zu treiben, er möchte, dass ich ihm Paroli biete, mit säuerlichem Gekränktsein und mädchenhaftem Verletztsein ist ihm nichts abzuringen. G. wird nie in die Knie gehen vor mir, und er hasst Frauen, die vor ihm in die Knie gehen, für Tränen hätte er nur Angewidertsein übrig, also schlage ich verbal zurück, beschwöre meinerseits in den Startlöchern lauernde Konkurrenten, aber im Gegensatz zu ihm freut es mich nicht.

Und, bei aller Verachtung, so falsch liegt G. nicht, wenn er auf sein Manipulationsgeschick vertraut, ich bin tatsächlich beunruhigt, ich spiele das Spiel mit, weil ich, wer weiß, vielleicht wirklich das Feld räume für eine unwürdige Nachfolgerin, *wenn* ich das Feld räume, was ich aber nicht will, denn wenn ich Schluss mache, dann so, dass ich G. dem Elend des Verlassenseins ausliefere und nicht, indem ich ihm einen bequemen Absprung ins nächste Bett ermögliche.

Was weiß ich eigentlich wirklich von G.? Herzlich wenig. Die meiste Zeit bin ich, wenn ich eifersüchtig bin, eifersüchtig auf seine Frau, aber vielleicht droht die wahre Gefahr längst von woanders? Nur von wo? Von wem?

Was treibt er, wenn er weder bei mir noch bei seiner Frau ist, und mit wem treibt er was?

Worst-Case-Szenarien kommen mir in den Sinn. G. trennt sich von seiner Frau, aber nicht meinetwegen, sondern für eine andere. G. hat sich längst von seiner Frau getrennt und lebt mit einer anderen. Ich traue G. alles zu. Das ist nicht gut.

Wem kann man schon vertrauen?, frage ich mich, um G.s mangelnde Vertrauenswürdigkeit herunterzuspielen, aber in Wirklichkeit weiß ich, es ist nicht gut, dass ich G. so gar nicht vertrauen kann.

Ich frage mich, ob Reisen die wahre Erotik des Alters ist. Es heißt ja, die Bedeutung des Essens nehme mit dem Alter zu, aber in meiner Umgebung wird weniger schwelgerisch gegessen als schwelgerisch gereist. Alle fliegen ständig in der Welt herum. Alle waren schon fast überall. Sie kommen zurück aus Marokko, aus der syrischen Wüste, aus Vietnam und Kambodscha, aus Nepal und von Bali, sie waren wandern auf Madeira, sie sind vor den Fidschis gekreuzt, sie haben in Zelten übernachtet, sind auf Kamelen geritten, haben den Hohen Atlas überquert und schwärmen von unglaublichen Sinneseindrücken, die Weite der Wüste, der Sternenhimmel des Südens, Lorbeerwälder im Nebel. Adäquater Ersatz für die Art von Sinnestaumel, die immer rarer wird?

Ich sollte möglicherweise mehr reisen, nicht die fade dienstliche Variante, sondern Unternehmungen aus der Kategorie Exotik & Abenteuer (naja, vorgestaltete, abgesicherte Abenteuer in verträglicher Dosis), aber dazu fehlt es mir an der Zeit. Und wenn ich mir die Zeit dafür nehme, fehlt es mir an Geld. Ich bin leider darauf angewiesen, mir eventuelle Sinnestaumel im Heimischen zu verschaffen, billig und preiswert, und damit meine ich nicht Bergtouren im Gesäuse.

Sonja ist frisch geschieden und hofft, dass ich sie zu dem Thermenhotel fahre, in dem sie ein Wellness-Wochenende gebucht hat, um auf andere Gedanken zu kommen.

Du hast doch selber ein Auto, sage ich, einigermaßen konsterniert.

Ja, aber so weite Strecken traut sie sich nicht zu fahren, sie ist in den letzten fünfundzwanzig Jahren nur Beifahrerin gewesen.

Dann nimm die Bahn.

Die Therme hat keine Bahnstation.

Wie wär's, wenn du umbuchst?

Nein, das geht nicht, und außerdem: Bahnfahren allein, mit Gepäck, da fühlt sie sich sowieso überfordert.

Ich sage, dass ich leider keine Zeit habe (*leider* sage ich aus reflexhafter Höflichkeit, es passiert mir gegen meinen Willen), sie ist beleidigt.

Ich bin es auch, wofür hält sie mich?

Wahrscheinlich für ein Mannweib, weil ich mich keinem Entmündiger überantwortet habe. Nun appelliert sie an den Kavalier an mir, aber da kann sie lange appellieren.

Auf solche wie Sonja falle ich nicht mehr herein. *Ich kann das nicht. Ich bin zu zart, zu schwach, zu sensibel, zu feinfühlig. Hilf mir, ich kann nicht streiten. Ich kann nicht feilschen, handle du das für mich herunter.*

Nachher staunen sie über dein grobes Naturell.

Früher war ich duldsam und hilfsbereit, das habe ich mir abgewöhnt. Aber ich lasse es nicht dabei bewenden, nein zu sagen, ich ereifere mich anhaltend über Zumutungen, die ich mir ohnehin nicht mehr zumuten lasse, ich erstelle in Gedanken – und manchmal auch in Gesprächen – Listen dessen, was ich nicht mehr leiden kann, ich empöre mich und kann gar nicht aufhören mit der Aufzählung all der Unerhörtheiten, die ich mir bestimmt nicht mehr bieten lasse.

Meine Unleidlichkeit hat einen Grund: Wie es scheint, habe ich all die Jahre mit kindlicher Einfalt an einen Sieg der Gerechtigkeit geglaubt, jedenfalls in den von mir überschaubaren Bereichen. Aber alles, was ich beobachte, sind Siege der Ungerechtigkeit. Die Schnösel setzen sich durch, die gnadenlosen Selbstvermarkter, die Gerissenen, die Skrupellosen, die von vornherein Privilegierten. Ganz zu schweigen vom weltweiten Elend, von den Ausgebeuteten und Rechtlosen, den Betrogenen und Belogenen kreuz und quer über den Globus. Das enttäuscht mich, das frustriert mich, das macht mich mutlos und nimmt mir den Antrieb.

Ja, was habe ich mir denn vorgestellt? Habe ich nichts aus der Geschichte gelernt? Wie verblödet muss man sein, um anzunehmen, die Geschichte halte sich in Sachen Gerechtigkeit zurück bis zum Antritt der eigenen Existenz, aber dann, dann gehe es los damit, im Schweinsgalopp, sodass man die ausgleichende Gerechtigkeit noch erleben und auskosten kann?

Ich halte mir als mildernden Umstand zugute, dass ich in eine Epoche des Wiederaufbaus, der behaupteten Wiedergutmachung, des Wohlfahrtsstaates geboren wurde. Meine Kindheit war von der Überzeugung getragen, dass soziales Elend ein Phänomen der finsteren Vergangenheit sei, vorbei auf immer, und nun würde es stetig bergauf gehen. Ich erinnere mich gut an die Schauder, mit denen ich zum Beispiel Dickens gelesen habe, aber auch alle die anderen Waisenkind-Geschichten aus einer Welt voll Willkür und Grausamkeit – Arbeitsbedingungen am Rande der Sklaverei, keine Absicherung im Fall von Arbeitslosigkeit und Krankheit – und an das gleichzeitige Gefühl der Erleichterung beim Lesen: alles nicht mehr wahr, wie schön, jetzt zu leben, in der wohligen Sicherheit von Kollektivverträgen, Arbeitsrecht, Arbeitslosenversicherung, Krankenkassen, Sozialwohnungen, Pensionsaussichten.

Und schon macht sich Dickens'sches Elend wieder breit. Schon geht der Wohlfahrtsstaat den Bach runter, ganz abgesehen davon, dass er in den meisten Teilen der Welt sowieso nie Fuß gefasst hat, was mir aber in meiner satten, geborgenen Kindheit nicht bewusst war.

Also gut, ich will ehrlich sein. Das Elend in der Welt ist eins, doch was mir mindestens ebenso sehr zu schaffen macht, ist kleinliches, persönliches Gekränktsein darüber, wie ungerecht das Schicksal oder welche Macht auch immer mit *mir* verfährt. War ich nicht anständig und ehrlich, habe ich nicht ein Leben lang gearbeitet, meine Kinder versorgt, mich um die Sozialfälle in meiner Umgebung gekümmert – und das soll jetzt die ganze Prämie dafür sein? Dass ich mich bis an mein Ende werde plagen müssen, zunehmend in banger Sorge um den Marktwert meiner Arbeitsleistung, immer am Limit, sowohl was meine Leistungsfähigkeit wie auch meine finanzielle Liquidität anlangt, während rundum versorgte Gattinnen, betuchte Witwen und Ruheständler, die sich schon als Berufstätige kein Bein ausgerissen haben, einen vergoldeten Lebensabend genießen?

Ralph zum Beispiel, eine meiner Jugendsünden (*Sünde* wegen Verschwendung von Lebens- und Liebeszeit), einst ständig bekiffter Revoluzzer, dann ständig besoffener Ministerialbeamter, eitler Hurenbock und abwesender Vater, dürfte doch, Herrgott, unter Gerechtigkeitsgesichtspunkten bestenfalls ein furunkelgeplagter Mindestrenter sein, statt dessen überwintert er in Luxushotels auf Teneriffa, umringt von seinen Nachkommen, ein stolzer pater familias an langer Tafel, der mitfühlendes Gelächter erntet, wenn er den versammelten Kindern erzählt, dass das Leben mit ihren Müttern die Hölle war.

Und warum lehnt Rosi sich immer noch behaglich zurück, wie sie sich ein Leben lang zurückgelehnt hat, nie hat sie sich angestrengt, immer war sie sich zu gut für alles, ihr beschwichtigender Mann stets angsterfüllt, er könnte sie verlieren, jetzt hat er sich zu Tode gefürchtet, und sie gibt als Witwe fröhlich das Geld aus, das er vorsorglich gespart hat, wieso ist Rosi auf ein unbeschwertes Leben abonniert, sie hat doch nichts getan, um es sich zu *verdienen*.

Ja, so denke ich, in Kategorien von verdientem und unverdientem Glück, als sei ich nicht alt genug, um gelernt zu haben, dass gerade das Unverdiente das Charakteristische am Glück ist. Ich bin klein, mein Herz ist rein, und dafür will ich gefälligst belohnt werden.

Aber es stellt sich keine Belohnung ein. Nie mehr werde ich Ralph einholen, das Gefälle zwischen uns ist unausgleichbar, er in Sicherheit, ich in Unsicherheit, so wird es bleiben.

Mitglied Z170 hat sich für Sie interessiert, schreibt mir die Partnerbörse, und diesmal gilt das Interesse nicht Edeltraud, sondern mir oder jedenfalls der Person, deren Steckbrief meinem halbwegs nahe kommt.

Alice besteht darauf, dass wir nachsehen. Er hat dir geschrieben, ruft sie, als wir Mitglied Z170 anklicken, du musst unbedingt lesen, was er dir geschrieben hat!

Ich sträube mich. Allerdings: seine Selbstdarstellung klingt ganz witzig. Endlich einer, der nicht überquillt vor plattem, einfallslosem Biedersinn. *In fünf Jahren möchte ich fünf Jahre klüger sein*, schreibt er, was sich immerhin wohltuend unterscheidet von Sätzen wie *In fünf Jahren möchte ich eine liebe Partnerin gefunden haben*. (Dabei muss man sich schon freuen, wenn sie wenigstens Partnerin schreiben statt Partner, die meisten suchen nämlich einen Partner, obwohl sie eine Partnerin meinen, es hat sich einfach noch nicht zu ihnen durchgesprochen, dass das Deutsche auch über weibliche Formen verfügt, wenn das nicht von einer langen Leitung zeugt.)

Alice besteht darauf, mich auf eine Mitgliedschaft bei der Partnerbörse einzuladen, damit ich Z170 kontaktieren oder zumindest lesen kann, was er mir geschrieben hat, das ist ein Wink des Schicksals, sagt sie, den kannst du nicht so einfach übergehen.

Ich sträube mich, Alice gibt jedoch nicht nach, und am Ende verabrede ich mich mit Z170, der Benno heißt, in einem Bistro, in dem ich nach dem Kino manchmal ein Glas Wein trinke. Zuvor schickt Benno ein Foto, er hat darauf dichte weiße Haare, viel mehr kann man nicht erkennen.

Benno wartet schon, als ich zur Tür hereinsegle, ein großer Junge in einem Jeansanzug. Zu groß und zu wenig Junge für einen Jeansanzug. Mein Gott, ist mir der peinlich. Und mein Gott, was bin ich für eine oberflächliche Kuh. Trotzdem: Ich hätte mich nicht in einem Lokal mit ihm treffen sollen, in dem mich die Kellner kennen. Der taugt ja nicht einmal zum Joe. Wenn ich daran denke, welche Joes ich schon habe sausen lassen, und jetzt soll ich mich am Ende mit dem begnügen. Auf den Jeansanzug gekommen, nein danke.

Benno breitet ohne Scheu sein bisheriges Leben vor mir aus, sachlich, was er sagt, macht ihn mir weder sympathisch noch unsympathisch, er scheint intelligent, er scheint halbwegs gebildet, seine Interessen scheinen annehmbar, er interessiert mich nicht.

Ich sitze da und taxiere Benno, sicherlich taxiert er mich gleichfalls, ich vermisse das Spielerische, Ungewisse, Herausfordernde, das neue Bekanntschaften spannend macht. Wir führen ein geschäftliches Gespräch, wir reden über einen Handel, *hier, meine Lebensgeschichte, meine Vorzüge, meine Vorstellungen – und was hast du zu bieten?* Ich biete zu wenig. Beim Abschied sagt Benno, dass er uns keine Chance gibt, irgendwie hätte es nicht gefunkt, und obwohl ich derselben Meinung bin, krümmt sich meine Eitelkeit schmerzhaft getroffen. Eiskalt abserviert von einem Jeansanzug. Habe ich das nötig gehabt?

Fahr mit mir nach Rom, habe ich früher immer wieder zu G. gesagt. Ich hege eine innige Zuneigung zu Rom. Ich kenne mich gut aus in dieser Stadt. Ich würde G. gerne herumführen, an Orte, die mir etwas bedeuten, zur heimeligen Piazza San Lorenzo in Lucina zum Beispiel, einer friedvollen Oase direkt an der brodelnden Via del Corso, zur strengen, eleganten Piazza Farnese, zum Largo Argentina, dessen Ausgrabungen eine gut genährte Katzenkolonie beherbergen, ins jüdische Ghetto, zu den prächtigen Alleen, die von der Santa Maria Maggiore wegführen, mit der verblichenen Pracht ihrer heruntergekommenen Bürgerhäuser aus dem 19. Jahrhundert, in die kleinen Gassen und Lokale im Studentenviertel San Lorenzo, zum Gemüsegeschäft in der Via dei Ramni, wo ich einkaufte, als ich um die Ecke wohnte. Es gehörte einer Engländerin, die es der Liebe wegen nach Rom verschlagen hatte, ich hätte gehofft, dass wir sie antreffen würden und ich vor G. mit unserer kosmopolitischen Bekanntschaft ein wenig angeben könnte.

G. hat sich jedoch stets strikt geweigert, Rom als Reiseziel in Betracht zu ziehen. Er hasse Italien, die Hitze, den Lärm, das Südliche.

Nun überrascht er mich mit der Mitteilung, dass er für eine Woche nach Rom fliegt, mit Gattin und in einer

Reisegruppe, man werde vor allem den Vatikan und die Vatikanischen Museen besichtigen.

Ich sage nicht, dass ich gekränkt bin, sondern mache mich nur milde lustig über die frommen Schwerpunkte dieser Reise, das passt zu dir, sage ich spöttisch, hoffentlich erstickst du nicht am Weihrauch.

G. und Gemahlin in Roms Kirchen. Worum beten sie, wofür danken sie ihrem Gott? G.s Gemahlin könnte für ihr vieles Geld danken und für ein robustes Naturell, dem sie wiederum verdankt, dass kein christliches Mitleid sie je gehindert hat, beinhart ihren geschäftlichen Vorteil wahrzunehmen, und bei G. ist es einfach zu erraten, wofür er dankt, er dankt Gott für seine reiche Gemahlin. Vielleicht dankt G. seinem Gott sogar für mich, die pflegeleichte Geliebte, eine Geliebte für den Lebensabend, an dem der Jagdtrieb im großen und ganzen zur Ruhe gekommen ist, wo es nur noch darum geht, den gewohnten Standard nicht gänzlich aufzugeben, also neben der an und für sich zufriedenstellenden Ehefrau irgendwo eine weitere Frau zu wissen, die sich in Sehnsucht verzehrt, aber nicht so sehr, dass sie Ärger macht.

Alice sagt, ich soll aufhören zu jammern. Was willst du denn eigentlich, fragt sie. Mehr Geld oder mehr G.?

Mehr von beidem, antworte ich. Das ist die Verbindung zwischen Geld und G., meine ungesicherte materielle Existenz und mein Liebhaber, die personifizierte Verunsicherung.

Wenn du vor der Wahl stündest, mehr Geld oder mehr G., was würdest du nehmen?, fragt Alice.

Mehr G. natürlich, erwidere ich.

Das sagst du nur, weil du nicht unsympathisch rüberkommen willst, behauptet Alice.

Das sage ich, weil wir Frauen so romantisch sind, antworte ich.

Wir lachen.

Übrigens schlägt G. mir gegenüber in letzter Zeit oft einen lustigen Kumpelton an, aber ich bin, verdammt noch einmal, nicht seine Pfadfinder-Kameradin, die er gelegentlich zu einer Runde Matratzensport vergattern kann und basta. Wo bleibt das Schmeichlerische? *Umwirb oder stirb!*, sage ich nicht, denn sonst stirbt er mir am Ende, nur so, aus männlichem Trotz, aber: *Umwirb!*, sage ich, mit Nachdruck, doch G. versteht den Ernst der Lage nicht und weigert sich, *auf Kommando* unter meinem Balkon die Laute zu schlagen, wie er es ausdrückt.

Nach dieser kleinen Auseinandersetzung, in einem Café, an einem Abend, der bei mir fortgesetzt werden hätte sollen, steigt G. in ein Taxi, während ich zu meinem Auto gehe. Also … komm gut heim!, sagt G., ehe er sich bückt, um sich ins Taxi zu setzen, er sagt es langsam, vielleicht will er mir die Chance geben, ihn am Wegfahren zu hindern. Ich sage aber nur: Ja, du auch!

Und es fällt mir danach erstaunlich leicht, mich umzudrehen und wegzugehen.

Die Internet-Partnerbörse versorgt mich weiterhin mit Vorschlägen. Sie schlägt mir zum Beispiel einen *interessanten Rentner*, 60, vor, der angeblich besonders gut zu mir passen würde. Der interessante Rentner, 60, schreibt in die Rubrik »Kinderwunsch«: *Ja, gerne.*

Der Rentner hat keine Hemmungen, mit sechzig und darüber (es wird ja vielleicht dauern, bis er die neue Traumfrau findet) Kinder in die Welt setzen zu wollen.

Mit mir wird das nicht gehen. Nicht nur verhindert es Mutter Natur, ich hätte auch Bedenken, ein Kind zu kriegen, das gerade mal ein Teenager ist, wenn ich über siebzig bin.

Wie kommt die Partnerbörse auf die Idee, dass einer, der mit sechzig frisch, fröhlich und verantwortungslos Fortpflanzungswünsche hegt, zu mir passt?

Wolf und Gattin schleppen mich auf ein Fest mit, ich sträube mich zuerst, dann gebe ich nach, bewahre mir aber einen Rest Aufsässigkeit, indem ich mich für ein ungeliebtes Outfit entscheide. Ich schlüpfe in ein Kleid, das ich für zu eng und für zu kurz halte. Ich habe es einmal im Vorbeigehen erstanden und bisher nie getragen. Jetzt ist es gut genug für ein Fest, an dem mir nichts liegt.

Wir treffen ein, und schon werde ich für mein trotziges Styling belohnt, offenbar komme ich als Barbie für die reiferen Jahrgänge rüber, das verschafft mir männliche Aufmerksamkeit von allen Seiten. Na gut.

Ich mache es mir im Mittelpunkt einer Gruppe witzelnder Gäste bequem und bin locker und schlagfertig. Mir gegenüber steht einer, der sticht mir auf Anhieb ins Auge. Und nicht nur das, auch was er sagt, geht mir ins Ohr. Wie heißt du, frage ich ihn etwas später, und er sagt, er heißt Joe.

6.

Dass dieser Joe wirklich Joe heißt, ist eine Ironie des Schicksals, denn er ist alles andere als ein Joe, er ist eher ein G., auf seine Art. Seine Art kenne ich gut, mein ganzes Leben lang bin ich auf diesen Typ abgefahren, selbstsicher, eloquent, oberflächlich, unzuverlässig, eine Spur unverschämt, physisch anziehend.

Bestimmt hat das was mit meinem Vater zu tun, der mich nie seine Prinzessin sein ließ. Darum bin ich wild auf Trophäen, von denen klar ist, dass ich sie nicht behalten werde. Selbstbestätigung inklusive absehbarer Zurückweisung.

Als ich heimkomme an diesem Abend, der eigentlich längst in die Nacht übergegangen ist, schicke ich G. eine gutgelaunte SMS.

Joe und ich haben uns verabredet, unauffällig, seine Begleiterin sollte es nicht mitbekommen. Sie hätte allerdings einigermaßen begriffsstutzig sein müssen, um Joes Interesse an mir nicht zu merken.

Ich bin gewarnt, sage ich mir jetzt, wer Joe begleitet, sollte damit rechnen, coram publico verraten zu werden. Spricht nicht für seinen Charakter. Andererseits, mein Gott, das kann doch passieren, dass man vom Blitzschlag der Neugier auf jemand getroffen wird, obwohl man in Begleitung ist!

Ich frage Wolf, was er über Joe weiß. Wolf erkundigt sich bei den Gastgebern, die das Fest veranstaltet haben. Er kehrt mit einer etwas klischeehaften Ausbeute zurück. Joe sei ungebunden, aber auch bindungsunwillig, das spielerische große Kind im Manne, einer, den seine Freunde um sein verpflichtungsfreies Leben beneiden, und den die Frauen seiner Freunde bemuttern (oder beschwestern), weil sie anstandshalber nicht über ihn herfallen können.

Zufrieden?, fragt Wolf spöttisch.

Ein Peter Pan, sage ich.

Oder ein Dorian Gray, sagt Wolf, nie um eine negative Steigerung verlegen, wenn es um Männer geht, die mich interessieren.

Ein Neubeginn-Junkie, sage ich.

Dann weiß ich ja, wie's weitergeht, sagt Wolf.

Joe und ich schenken einander heitere Sommerwochen. Wir gehen in Schotterteiche schwimmen, rudern über die Alte Donau, sitzen spät nachts händchenhaltend im Kino, essen am Würstelstand Debreziner und Essiggurken. Eine Rückkehr in meine Jugend. Wir trinken Wein in hippen Lokalen, wo mich die Kellnerinnen duzen. Dass sie Joe duzen, wundert mich nicht, Joe sieht aus, als würde er hierher gehören, aber mich?

Ich traue der Unbeschwertheit nicht. Joe ist knapp fünf Jahre jünger als ich, eine lächerliche Differenz, aber er gibt sich wie einer, an dem die letzten drei Jahrzehnte spurlos vorübergegangen sind, da kann ich nicht mithalten.

Ich übersehe auch nicht, wie Joe immer wieder von jungen Frauen gegrüßt wird, mit einer Vertrautheit, die mich verunsichert. Joe ist Journalist, er widmet sich bevorzugt der Alternativ- und Jugendkultur, es leuchtet ein, dass er so viele junge Frauen kennt.

Ich frage mich, ob sich die jungen Frauen nicht wundern, dass er mit einer wie mir hier sitzt, wo er doch gerade so gut mit einer von ihnen da sitzen könnte. Während ich mich das frage, hasse ich mich dafür. Wieso denke ich ständig in Alterskategorien und wieso kann ich nicht anders, als mich abzuwerten, weil mir unentwegt bewusst ist, in welche Altersgruppe ich gehöre?

Ich bin nur realistisch, sage ich mir. Die Geringschätzung geht nicht von mir, sondern von der Gesellschaft aus. Aber vielleicht komme ich der Gesellschaft ja zuvor und erniedrige mich, noch ehe sie die Absicht hat, mich zu erniedrigen?

G. kann mir in dieser Zeit nicht über den Weg laufen, weil er wieder einmal auf Reisen ist. Wir tauschen vergnügte SMS, G. und ich, er bewundert die Loire-Schlösser, ich lasse mich von Joe bewundern, aber das schreibe ich nicht. Ich schicke jedoch liebevolle, herzliche Botschaften, der Umgang mit Joe stimmt mich großzügig und nachsichtig G. gegenüber.

Joe sendet mir seinerseits zärtliche SMS. Er ruft an, um meine Stimme zu hören. Er fragt mich nach mir und hört aufmerksam zu, wenn ich antworte. Er erzählt bereitwillig von sich.

Ich mag seinen schlanken, muskulösen Körper, seine kräftigen Hände, seine fordernden, forschenden Küsse, die Bestimmtheit, mit der er nach mir greift, und die gut berechnete Zurückhaltung, mit der er einen Finger über meinen Nasenrücken streichen oder die Konturen meiner Wangen nachfahren lässt, so als wolle er jeden Moment dieser Berührung auskosten.

Aber ich rieche ihn nicht gern. Sein Körpergeruch stößt mich nicht ab wie der des letzten Joe, doch er irritiert mich, er geht mir irgendwie nicht unter die Nase. Daran müssen wir noch arbeiten, sage ich zu mir selbst, und weiß nicht, dass sich das schon erübrigt hat.

Fast hätte ich mich in Joe verliebt. Drei Wochen mehr, und ich hätte mich an ihn gewöhnt gehabt, sage ich mir. Drei Wochen mehr, und ich hätte unter den Anzeichen seiner nachlassenden Begeisterung zu leiden begonnen, auch wenn ich mir klar gemacht hätte, dass solche wie Joe nur einen kurzen Begeisterungsatem haben.

Nicht, dass es mich gleichgültig lässt, als er anfängt, zu spät zu kommen, nur mehr zerstreut zuzuhören, bald wieder aufzubrechen, auf das Display seines Handys zu starren, während wir reden. Aber noch bin ich emotional flexibel, ich registriere die Warnzeichen und beschließe, mich danach zu richten.

Drei Wochen mehr, und ich wäre vielleicht bereit gewesen, mich in seiner Abwesenheit (er muss für ein paar Tage zu einem Kurzfilmfestival an die Côte d'Azur) um die Pflanzen in seiner Wohnung zu kümmern. Nein, eigentlich nicht. Aber ich hätte ihm nicht verübelt, dass er mich darum bittet.

Früher haben wir unsere Rechnungen in den Lokalen abwechselnd bezahlt, jetzt hat Joe immer häufiger gerade kein Kleingeld dabei, die Kreditkarte vergessen, verabsäumt, zum Bankomat zu gehen. Die Beträge, um die es geht, sind lächerlich, ich glaube nicht, dass er es darauf anlegt, möglichst billig wegzukommen, er hat nur einfach keine Lust, sich für eine Rechnung, die in meiner Gegenwart aufgelaufen ist, verantwortlich zu fühlen, sein Beitrag besteht darin, dass er anwesend war, ich habe für das Vergnügen seiner Gesellschaft zu zahlen. So kommt es mir jedenfalls vor.

Das kränkt meine Eitelkeit. Aber es stürzt mich nicht in Verzweiflung. Noch war ich in Joe nicht wirklich verliebt, rufe ich mir ins Gedächtnis.

Ich bin kurzfristig allerdings so demotiviert, dass ich in Versuchung gerate, G. mein Herz auszuschütten. Als mir bewusst wird, dass ich G. gerade als Tröster in Liebesangelegenheiten in Betracht gezogen habe, muss ich lachen. Dann schreibe ich ihm eine allgemein gehaltene Weltschmerz-E-Mail. Er antwortet liebevoll tröstend, ich komme mir ein bisschen hinterhältig vor, habe aber kein schlechtes Gewissen. G. und ich wären noch lange nicht quitt, wenn es darum ginge, die Konten unserer Vergehen abzugleichen.

Joe kommt aus Cannes zurück, ist blockiert durch Termine, wird sich melden, sobald er Luft hat, meldet sich nicht. Verschollen im luftleeren Raum.

Ich laboriere eine Weile am Entzug. Die Beschwerden sind mild und bieten den Vorteil, dass sie nichts mit G. zu tun haben. Ich leide an Unerfülltem, das zur Abwechslung nicht G. zu verantworten hat. Man muss das Unerfüllte durch Unerfülltes verdrängen, damit die alte Sehnsucht stirbt.

G. ist jetzt der Spatz in der Hand, über den ich froh

bin, nachdem die potenzielle Taube Joe davon geflattert ist. (Oder besser gesagt das Vieh, von dem ich gehofft habe, es könnte sich als Taube entpuppen.) Wie gut, dass ich mir G. erhalten habe. Wie gut, dass ich Joe vor G. verheimlicht habe.

Früher habe ich mir oft vorgestellt, ich würde mich eines Tages neu verlieben und nicht zögern, das G. mitzuteilen. Mit einer solchen Mitteilung wollte ich G. in die Wüste schicken.

Jetzt bin ich froh, dass ich mir voreilige Geständnisse versagt habe. War ich überhaupt in Versuchung, irgendwas zu gestehen? Drei Wochen mehr Wohlverhalten von Joe, und ich hätte mich nachhaltig verliebt und G. in die Wüste geschickt? Ich glaube nicht. Nein, wozu auch?

Nimm dir ein Beispiel an Vera, sagt Alice. Sie hat diesen netten Typ per Internet gefunden, und obwohl sie anfangs gar nicht beeindruckt war von ihm (zu brav, zu bieder, zu schmächtig), ist sie am Ball geblieben – oder an seinen *balls*, von mir aus, wenn du unbedingt kalauern musst – und hat an ihm gearbeitet und an ihrer Beziehung zu ihm, und jetzt sind sie ein glückliches Paar, und er küsst den Boden, über den sie geht.

Was heißt küssen, werfe ich ein, er leckt ihn ab, wenn er sich damit begnügen würde, ihn zu küssen, wär's erträglich.

Alice lacht. Im Übrigen hat sie recht. Vera und ihr heißer Internetpreis sind ein glückliches Paar, weil Vera sich mit einem begnügt, der den Boden unter ihren Füßen küsst. Meine Vorstellung eines glücklichen Paars ist das nicht, jedenfalls nicht dann, wenn ich Teil dieses Paares sein soll.

Ich will lieben. Vera will geliebt werden, das ist einfacher. Immer hat sie Liebhaber, die genau das sind und nichts anderes. Sie dürfen Vera liebhaben. Vera behauptet, dass sie sie ebenfalls liebhat, aber die freundliche Herablassung, mit der sie diesen Unterwürfigen begegnet, zeigt, dass sie sich der Inferiorität ihrer Liebhaber bewusst ist. Sie scheint sich nicht daran zu stoßen, vielleicht braucht sie es sogar, sich mit Unterlegenen zu umgeben. Leider kein Rezept für mich.

Ich möchte wieder eine Katze. Eine ganz junge diesmal, denn mein alter Kater war dem Babystadium schon entwachsen, als ich ihm begegnete. Ich möchte eine Handvoll Katze, sage ich zu meinen Kindern, gerade ein paar Wochen alt. Ich will miterleben, wie aus einem winzigen, tapsigen Kätzchen ein stolzes Raubtier wird, mit geschmeidigem Gang und träge lauerndem Blick, das mir die Gunst seines Vertrauens gewährt.

Und plötzlich streift mich die Überlegung: Wie alt bin ich, wenn dieses Tier, sagen wir einmal, fünfzehn ist? Werde ich lange genug leben, um es der neuen Katze zu ersparen, dass sie – womöglich als Greisin – ihren gewohnten Platz verliert?

Noch nie vorher ist mir Derartiges in den Sinn gekommen, bisher habe ich die Anschaffung von Haustieren mit meiner Familie lediglich unter dem Gesichtspunkt diskutiert, ob wir die damit verbundenen Belastungen auf uns nehmen wollten. Nun sind meine Kinder erwachsen und haben ihre eigenen Haustiere, und ich werde mir der Tatsache bewusst, dass die Verantwortung für eine Katze, die jetzt an mir allein hängt, auch die Frage einschließt, ob meine Lebenserwartung die der Katze voraussichtlich übertrifft.

Ich rechne und komme zu einem annehmbaren Ergebnis, statistisch gesehen habe ich gute Chancen, in fünfzehn Jahren noch am Leben zu sein, wenngleich ich dann unvorstellbar alt bin (immer kommt es einem unvorstellbar vor, in fünfzehn Jahren fünfzehn Jahre älter sein zu sollen), aber das Ergebnis beruhigt mich nicht. Hastig verdränge ich nicht nur meine Rechnung, sondern auch die ihr zugrundeliegende Überlegung.

Unsinn, sage ich mir, so weit bist du noch nicht, dass du das notwendig hast, es geht sich alles locker aus, mal abgesehen von der Tatsache, dass jeder und jede jederzeit tot umfallen kann; du bist nicht gefährdeter als alle anderen. Energisch verbiete ich mir weitere *morbide* Gedanken – wie ich sie nenne, um sie mir auszutreiben –, doch in meinem Hinterkopf geistern hässliche Bilder herum, von *noch gar nicht so alten* Menschen, die ihre Haustiere in fremde Hände geben müssen, weil sie mit ihrer Versorgung früher überfordert sind, als sie gedacht haben.

Mach dich nicht verrückt, sage ich energisch zu mir. Es bleibt mir leider nichts anderes übrig, als mich selber an die Kandare zu nehmen, ich habe niemanden, mit dem ich dieses Thema besprechen könnte oder wollte. Meine Kinder hassen es begreiflicherweise, wenn ich ihnen mit der Endlichkeit meines Lebens komme, und was G., Joe (falls er wieder auftaucht) oder auch Wolf betrifft, so werde ich mich hüten, ihnen gegenüber mein *Ablaufdatum* zu einem Thema zu machen. Auch Alice ist keine optionale Gesprächspartnerin, ihr lebenslanger Reichtum hat Teile ihrer Empathiefähigkeit außer Kraft gesetzt, Alice ist an Privilegien so gewöhnt, dass sie, glaube ich, Altwerden für ein Phänomen hält, das sich im Großen und Ganzen auf die mittellosen Schichten beschränkt.

Jetzt wäre es schön, sage ich mir sentimental, einen an der Seite zu haben, der gemeinsames Altwerden als einen Akt der Solidarität begreift und nicht als Falle, der ein Mann durch Flucht an die Seite einer Jüngeren zu entkommen versuchen sollte.

Du bist mein Role Model, erklärt Viola vor kurzem bei einem Meeting. Wenn ich dich anschaue, habe ich keine Angst vor dem Alter.

Das verblüfft mich insofern, als ich gedacht habe, Viola und ich seien etwa gleich alt.

Wie alt bist du eigentlich?, frage ich, und es stellt sich heraus, dass Viola, die soeben dahergeredet hat, als trenne uns eine Generation, um ganze drei Jahre jünger ist als ich.

36 Monate, und sie genügen ihr, um mich jenseits, sich aber diesseits der Schwelle zum Alter zu sehen. Wie gelingt ihr das? Sollte nicht lieber ich sie zu meinem Role Model machen?

Ich werde sie vergiften müssen.

Der beträchtliche Gefühls-, Gedanken- und sonstige Aufwand, den aufregende Liebhaber verursachen (aufregend nicht nur im Sinn von Herzklopfen, sondern auch im Sinn von Infarktgefahr), kostet natürlich, dessen bin ich mir bewusst, Zeit, die vielleicht besser in berufliches Fortkommen investiert wäre, in Weiterbildung und Horizonterweiterung, in Erkenntnisgewinn und Kulturgenuss oder auch in die Ausgestaltung von Haus und Garten. Die G.s und die Joes sind schuld, sage ich mir, dass das Obst in meinem Garten verkommt und dass die Sofas in meinem Haus vergeblich nach neuen Bezügen schreien.

Nicht, dass ich meinen Beruf vernachlässige. Aber wer weiß, wie erfolgreich ich wäre mit einem geordneten Privatleben, maßvoll temperiert, terminangepasst, kräftespendend statt kräfteverzehrend, vernünftig dimensioniert, schwankungsfrei.

Als ich seinerzeit geheiratet habe, tat ich es nicht zuletzt, um zur Ruhe zu kommen. Ich wollte ein beschwichtigtes Herz und einen freien Kopf, um es beruflich zu etwas zu bringen und effizient zur Familiengründung schreiten zu können, statt mich aufzureiben im Clinch mit irgendwelchen Gefühlschaoten. Hat letztlich nicht funktioniert. Rückblickend kommen mir die ersten zwei kinderlosen Jahre meiner Ehe wie ein vorgezogenes Rentnerdasein vor, betäubender Pensionsschock inklusive. Ich war nicht unglücklich, aber wenn ich mich heute in jene Zeit zurückversetze, fühle ich mich erneut wie unter Tranquilizern.

Wieder einmal schrecke ich nachts hoch, mit hämmerndem Herzen, schweißnass, panisch. In meinem Kopf wiederholen sich eine Frage und eine Antwort:

In welche Altersgruppe gehören Sie?

Ich gehöre in die Altersgruppe *und darüber*.

Ich taste nach dem Schalter meiner Nachttischlampe, mache Licht, blinzle benommen ins Helle.

Wohin ist die Zeit verschwunden? So schnell vorbei, ich hatte ja gar keine Zeit. Gebt mir meine Zeit zurück, damit ich sorgfältiger mit ihr umgehen kann! Ich hatte doch keine Ahnung. Ich wusste nicht, dass sie nicht wiederkommt, wenn ich sie achtlos hinter mich bringe. Wieder ein Tag geschafft, eine Woche, ein Jahr, gearbeitet ohne aufzuschauen, die Kinder großgezogen ohne Luft zu schöpfen, und nun vorbei, vorbei, so viele Momente nicht genossen, nie innegehalten. Am liebsten alles wieder auf Anfang, wie beim Film, oder doch wenigstens zurückspulen, Augenblicke bewusst wahrnehmen und auskosten. Ich habe Angst vor dem, was hinter der Zeit kommt.

Ich versteh' deine Existenzängste nicht, sagt G., du hast doch genug Dinge, die sich zu Geld machen lassen. Verkauf deine Bildersammlung, verkauf deine Jugendstilkeramiken, verkauf dein Haus und zieh in eine kleine Wohnung – da sparst du auch noch Heizkosten –, schon bist du aus dem Schneider.

Offensichtlich hält er einen derartigen Ratschlag für angebracht und realistisch, er spricht nur aus, was vermutlich allgemeiner Konsens wäre, wenn man abfragte, was sich jemand wie ich von der Zukunft noch erwarten darf. Demnächst werde ich eine vermessene alte Frau sein, die auf viel zu vielen Quadratmetern wohnt, viel zu wertvolle Bilder um sich hat, Jugendstilkeramiken besitzt, die alleinstehende alte Frauen nicht besitzen müssen.

Ich verstehe meine Existenzängste auch nicht, sage ich zu G., es gibt ja genug Brücken, unter die ich ziehen kann, wenn's nötig ist.

G. wirft mir melodramatische Übertreibung vor. Eben noch hat er von seinen Reiseplänen berichtet, man schwankt zwischen Nepal und Faulenzen am Indischen Ozean, ganz entspannt hat er darüber gesprochen, wie über einen selbstverständlichen Anspruch, und im nahezu gleichen Atemzug rät er mir zur radikalen Reduzierung meiner Lebensqualität, als stehe mir eine bessere nicht zu.

Ich habe aber meine Bilder nicht als Geldanlage gekauft, sage ich störrisch. Ich habe meine Bilder gekauft, weil ich mit ihnen leben will. Ich will in meinem Haus wohnen bleiben und meine Jugendstilkeramiken anschauen, denn dazu habe ich sie angeschafft.

G. grinst nachsichtig. Wollen kannst du. Aber kannst du es dir leisten?

Ehe ich aufbrause, legt er mir beschwichtigend eine Hand auf den Arm und fährt fort: Ich meine das nicht böse, weißt du. Ich frage nur, ob es sich lohnt, um jeden Preis etwas zu wollen, was man nicht kriegen kann. Ich habe beschlossen, mich von unerfüllbaren Wünschen zu verabschieden. Es lebt sich viel entspannter so.

Er sitzt da, sein Gesicht glänzt vor Selbstzufriedenheit. Ich ohrfeige mich in Gedanken, weil ich Verständnis von ihm erwartet habe, einem Menschen, der offenbar von einem natürlichen Gefälle zwischen seinen und meinen unerfüllbaren Wünschen ausgeht. Was denkt er sich, wenn er mir ein Zuhause nach meinem Geschmack als verstiegene Begehrlichkeit madig machen will, während er – ja, worauf verzichtet er denn nun so einsichtig?

Was sind deine unerfüllbaren Wünsche?, frage ich spöttisch, bereit, ihm an die Gurgel zu springen. Eine eigene Insel in der Karibik?

Mit dir zu leben, sagt er leichthin.

Sowas. Wie es scheint, ist G.s Leben in gesichertem Wohlstand eine Belohnung des Schicksals dafür, dass er sich von dem Wunsch verabschiedet hat, meine vergleichsweise Armut zu teilen. G. wird gar nicht von materiellen Überlegungen geleitet. G. hat auf mich verzichtet aus Respekt vor dem Eheversprechen, das er seiner Frau gegeben hat. Erst danach kommt, als Bonus, das Geld seiner Frau ins Spiel.

Unglaublich, dass er glaubt, ich glaube ihm das.

Ich weiß natürlich, dass es nicht nur ihr Geld ist, das G.s Frau anziehend für G. macht, ich bin nicht blöd, aber ich habe keine Lust, mich mit ihren anderen Vorzügen auseinanderzusetzen. Für mich ist sie die mit dem Geld, das reicht mir zu ihrer Charakterisierung, ich tue gern so, sogar vor mir selbst, als sei G. einzig auf ihr Geld scharf, das ist bequemer für mich, selbst wenn es G. in ein schlechtes Licht rückt. Oder – nein, dass ich G. damit zum Mitgiftjäger stemple, ist ein beabsichtigter Nebeneffekt und nicht nur etwas, das ich in Kauf nehme, um seine Frau abzuwerten, ich will auch G. abwerten, geschieht ihm ganz recht.

Sein Wunsch, mit mir zu leben, ist jedenfalls nicht so stark wie sein Wunsch, mit seiner Frau zu leben, damit muss ich leben. Ich stelle mir vor, dass sie miteinander ein Leben führen, wie er es mag, wohingegen nicht so sicher ist, dass wir, er und ich, miteinander ein Leben führen könnten, das wir beide mögen würden.

Aber im Grunde habe ich keine Lust mehr, meine Zeit mit derartigen Überlegungen zu vergeuden.

Mein Steuerberater sagt, ich soll nachdenken, wie lange ich noch weitermachen möchte und ab wann ich in Pension gehen könnte. Meine Umsätze sind gesunken, man müsse realistisch sein, wenn sie sich so weiterentwickelten, sei es gescheiter, Alternativen anzusteuern, wie immer die auch aussähen.

Ich wanke geschockt aus seinem Büro, eine Person, deren Arbeit nichts mehr wert ist. So habe ich mich noch nie fühlen müssen.

Die ganze Zeit habe ich mir vorgemacht, dass ich mich im Grunde in einer Aufschwungphase befände, auf einer kurzen Durststrecke, die demnächst beendet sein wird und hinter der es wieder Einnahmen regnet. Mein Gejammer, eine ärmliche Zukunft betreffend: Beschwörungsformeln. Dahinter die Hoffnung, dass sich meine Ängste als unbegründet entpuppen. Immer noch rechne ich damit, dass ich mich demnächst vor gut bezahlten Aufträgen kaum retten kann. Mein Steuerberater sieht es anders. Ich müsste lügen, wenn ich behaupten wollte, dass mich das kalt lässt.

Am Abend Essen mit Beate und Peter, sie haben dringend auf einem Treffen bestanden, man hätte einander schon viel zu lange nicht gesehen. Das Lokal ihrer Wahl ist schick und teuer, wie zu erwarten war. Die zwei bestellen wie üblich quer durch die Speisekarte, ohne auf die Preise zu achten. Ich bescheide mich mit einem kleinen Hauptgericht und einem Glas Weißwein. Statt des teuren Sauvignon blanc nehme ich grünen Veltliner, während Beate und Peter erst den Sauvignon und danach eine Flasche vom ebenso kostspieligen Heideboden ordern.

Als die Rechnung kommt – eine Gesamtrechnung, denn heutzutage gilt es als mangelnde Lebensart, wenn man nicht tischweise bezahlt – sagt Peter lässig zu mir: Weißt du was? Wir teilen einfach.

Und dann teilt er, aber nicht durch drei, sondern durch

zwei. Er zahlt *seine Hälfte*. Wir, zwei Kavaliere, teilen uns die Rechnung und damit auch die Rechnung für die *Dame*, nur dass ich mich eigentlich nicht als Beates Kavalier sehe.

Peter zwingt mich, seine Frau, eine erwachsene Person mit einem gut bezahlten Job, zur Hälfte auszuführen. Das ärgert mich noch mehr als die Tatsache, dass er mich auch gezwungen hat, Teile seiner Konsumation zu begleichen.

Aber ich sage nichts. Wenn ich protestierte, wäre ich geizig und unhöflich.

Auf dem Heimweg steigere ich mich allerdings in eine stille Wut über den Zeitgeist, der separiertes Zahlen als kleinkarierte Pfennigfuchserei verurteilt. Und ich frage mich, ob der mediterrane Brauch, dass jeweils ein *Tischvater* die Rechnung für alle übernimmt, in erster Linie Großzügigkeit voraussetzt oder patriarchale Großfamilien.

Das *Lebensgefühl des Südens* beschwören die Befürworter der gemeinsamen Rechnung gern, aber ehrlich gesagt beflügelt mich keine *Volare-Cantare*-Stimmung, als ich mit geleerter Brieftasche heimwärts fahre.

Am Wochenende studiere ich beim Frühstück die Immobilienbeilagen der Zeitungen, so wie ich früher die Kontaktanzeigen in der ZEIT gelesen habe. Ich schaue mir an, was mir alles entgeht, aber nicht mehr, welche Männer mir entgehen, sondern welche Wohnungen. Ausgebaute Dachböden samt begrünten Terrassen, Lofts, Altbauetagen mit Flügeltüren und Intarsienparkett, schicke neue Architektenarchitektur – so viele Lebensformen, die alle diese unterschiedlichen Räume eröffnen, und nicht eine davon werde ich noch kennenlernen oder ausprobieren.

Na schön, ich wäre nicht wild auf die Erfahrung, einen

Bastlerhit (im Klartext: devastierte Einzimmerwohnung mit Gangklo) in ein erträgliches Zuhause verwandeln zu sollen, und 50 Quadratmeter Neubau in einer öden Stadtrandsiedlung kann ich ebenfalls gut aus meiner Gedankenwelt verbannen.

Aber um meine hochfliegenden Träume von ehedem, die mich in wechselnden malerischen Wohnungen an wechselnden spannenden Orten zeigten, tut es mir leid. Und es fällt mir nicht leicht, mir einzugestehen, dass keiner davon je Wirklichkeit werden wird.

Mein Sohn promoviert, das ist nicht alltäglich, so eine Promotion, schon gar, wenn ich daran denke, dass es jahrelang so ausgesehen hat, als würde er nicht einmal erfolgreich durchs Gymnasium kommen. Mein Sohn hat eine Sponsion hinter sich und danach hat er weiter studiert und eine Dissertation geschrieben und Prüfungen abgelegt, und jetzt promoviert er zum Doktor der Rechte und wünscht sich für mich, dass ein Mann an meiner Seite ist, wenn er den Doktorhut entgegennimmt, ein Mann, der mir was bedeutet. Geteilte Freude ist doppelte Freude, denkt sich mein Sohn völlig zu Recht, und ich mag mir gar nicht überlegen, wie viel Freude mir entgangen ist dadurch, dass ich meine Freude an meinen Kindern nie mit jemandem teilen konnte. Dass er zu wenig Freude an ihnen zeigte, war ein gewichtiger Grund, mich seinerzeit von ihrem Vater, meinem Ehemann, zu trennen.

Auch jetzt ist der Vater meines Sohnes desinteressiert, als er von der bevorstehenden Promotion erfährt, außerdem ist er auf dem Weg ins Ausland, durch Krankheit verhindert – die Gründe für seine Absage werden nicht ganz klar, jedenfalls sagt er ab. Ist doch egal, sagt mein Sohn, warum nimmst du nicht G. mit?

Magst du dabei sein?, frage ich G. Mein Sohn würde sich freuen.

Ich sage nicht: Komm mit mir, lass uns als Paar auftreten, spiel seinen Stiefvater. Ich lade ihn lediglich ein, an einer Zeremonie teilzunehmen, die meinem Sohn etwas bedeutet, einem ihm bekannten jungen Mann, den er angeblich gut leiden kann.

G. windet sich. Nein, leider, es geht nicht, er kann nicht, nicht an diesem Tag, zu dieser Uhrzeit. Das sagt G., noch ehe er Tag und Uhrzeit weiß. Hätte ich ihn bloß nicht gefragt.

Wolf findet G.s Absage letztklassig, die Absage des Kindesvaters sowieso. Kommst *du*?, frage ich ihn. Wolf lässt sich Datum und Uhrzeit nennen, windet sich gleichfalls, ist leider genau an diesem Tag unabkömmlich, zu blöd.

Aber dann, mitten im Promotionsritual, taucht Wolf plötzlich doch auf, abgehetzt, breit lächelnd, und drängt sich zu mir durch. Ich sollte gerührt sein, doch obwohl ich sein Auftauchen zu schätzen weiß, bin ich nicht imstande, meine Freude mit ihm zu teilen, ich bin zu sehr daran gewöhnt, meine Freude für mich zu behalten. Meine Freude bleibt ungeteilt und unverdoppelt. Pfeif drauf, meine Freude ist groß genug, größer könnte sie gar nicht sein.

Das Gespräch mit dem Steuerberater sitzt mir in den Knochen. Ich habe nachgedacht, sage ich zu Alice, wenn ich mich entscheiden sollte zwischen mehr Geld und mehr G., würde ich mich für mehr Geld entscheiden, aber nicht für geerbtes, geschenktes, gewonnenes, sondern für verdientes. Ich weiß, *verdient* ist eine Definitionsfrage, wer verdient schon, was er verdient, aber genau das ist der springende Punkt: Ich möchte viel verdienen. Wenn ich viel verdienen würde, hätte ich das Gefühl, dass meine Leistung viel wert ist, so einfach ist das. Nur über Geld zu verfügen ohne das Gefühl, es durch herausragende Leistungen verdient zu haben, wäre zwar auch nicht unangenehm und jedenfalls besser als mittellos zu sein, das musst du mir nicht extra sagen, aber was mir wirklich zusetzt, ist der offenbare Wertverlust meiner Arbeit und meiner Arbeitskraft. Ich habe nie von einem Lotto- oder Totogewinn geträumt, weißt du das eigentlich? Ja, jetzt, da ich darüber nachdenke, fällt mir auf, ich wollte nie, dass mir Geld so einfach in den Schoß fällt.

Mir war bloß nicht bewusst, wie sehr mein Selbstwertgefühl vom Ertrag meiner Arbeit bestimmt wird, dass meine Arbeit einigermaßen einträglich ist, war bisher immer selbstverständlich für mich, ich kenne es seit langem nicht anders, und erst seit es sich ändert, merke ich, wie viel es mir bedeutet. Es geht mir nicht nur um meinen Lebensstandard, verstehst du, um den schon auch, aber nicht nur, es geht mir mindestens ebenso sehr darum, anerkannt zu werden durch einen entsprechenden Marktwert. Das sage ich, obwohl ich oft genug über die Fragwürdigkeit des Marktwerts referiere. Ich hätte anscheinend nicht die Kraft und nicht die Größe, an den Sinn und die Richtigkeit meiner Arbeit und meiner Leistungen zu glauben ohne entsprechende Belohnung in Form von immaterieller wie materieller Anerkennung. Als hungernde Künstlerin würde ich scheitern, oder vielmehr würde meine Kunst an mir scheitern, ich würde mich lieber dem Kunstmarkt andienen, als unbeirrbar an meinen Überzeugungen festzuhalten, die jedoch notwendig wären, um wirklich große Kunstwerke zu schaffen. Ich sage das ungern und ich hoffe immer noch, dass ich mich irre, während ich es sage, aber ich fürchte, so ist es. Weißt du was, ich habe den Charakter einer Musterschülerin, ich will unbedingt gute Noten kriegen, gute Noten und gute Banknoten, ich bin eine Calvinistin, obwohl ich doch katholisch aufgewachsen bin, Zwingli & Zwängli, zwanghaft in meinem Leistungsstreben, ich glaube an den Deal Wohlstand gegen ein gottgefälliges Leben, nur dass ich weniger Gott gefallen will als dem Markt, der meinen Wert bemisst.

Mein Gott, sagt Alice, was habt ihr werktätigen Massen doch für ein verkorkstes Innenleben! Selbstbewusstsein durch Arbeit, armselig, ich mag es mir gar nicht vorstellen.

Sie winkt dem Kellner.

Willst du mir Kuchen bestellen, Marie Antoinette?, frage ich.

Sie nickt.

Ich habe zu essen. Ich habe noch nie gehungert. Ich habe noch nie gefroren. Ich war nie obdachlos. Ich kenne keinen Krieg aus persönlichem Erleben. Meine Kinder sind wohlgeraten. Ich bin, soviel ich weiß, gesund. Ich weiß, wie es ist, glücklich zu sein. Manchmal höre ich Musik, und es erfüllt mich eine tiefe Freude.

Ich sollte zufrieden sein. Ich sollte aufhören mich zu fürchten. Ich fürchte mich.

Frohbotschaft von der Partnerbörse: *Ein attraktiver Mann hat sich für Sie interessiert. Mit diesem Herrn verbinden Sie 76 Matchingpunkte, das bedeutet, dass Sie besonders gut zusammenpassen.*

Der attraktive Mann charakterisiert sich, teilt mir die Partnerbörse weiter mit, folgendermaßen: *Das Besondere an mir ist, dass ich selbstbewusst und dominand bin.*

Ich starre auf den Text. *Dominand.* Ja, tatsächlich, so steht es da: *dominand.* Der Selbstbewusste ist rechtschreibschwach, aber er will dominieren.

Diese Fragen, schreibt die Partnerbörse dann, und ich kann geradezu das Zwitschern hören, mit dem sie mir die Nachricht überbringen würde, wenn sie zu mir spräche statt mir zu schreiben, *diese Fragen möchte er Ihnen stellen: Können Sie meinen Ansprüchen gerecht werden? Sind Sie jederzeit abkömmlich? Haben Sie das nötige Auftreten und den dafür erforderlichen Wortschatz?*

Ich starre noch immer. Meint der das ernst? Oder steckt dahinter ein Experiment wie bei meinem Edeltraud-Fake? Will da jemand herausfinden, was Weiber sich alles bieten lassen, noch dazu von einem, der nicht einmal rechtschreiben kann?

Nach meinen bisherigen Erfahrungen ist zu befürchten, dass der *Dominande* kein listiger Menschen-Tester ist, sondern genau der anmaßende Idiot, als der er sich präsentiert.

Ich lösche die Mail und klappe meinen Laptop zu. In zehn Minuten sollen wir landen. Wieder einmal fliege ich nach Zürich, diesmal zu einem Gespräch, das mir einen größeren Auftrag einbringen könnte, die Chancen stehen gut.

Ich lächle meiner Sitznachbarin zu. (Neuerlich eine Nachbarin. Ein Flugzeug voller Männer, aber neben mir sitzt eine Frau. Habe ich was anderes erwartet? Die Männer sind übrigens alle grau, graue Gesichter, graues Tuch am Leib, Grauschleier über Haar oder Glatze. Sollte ein bunter Vogel darunter sein, hat er sich vor mir verkrochen.)

Ich fühle mich wie genesen, nicht wie nach schwerer Krankheit, mehr wie nach einem ungefährlichen, aber beschwerlichen Infekt, fieberfrei, noch ein bisschen klapprig, dabei erleichtert, zuversichtlich. Vor meinem Abflug hat G. mich angerufen und mir Glück gewünscht. Das ist jetzt unser Umgang miteinander. Wir schließen einander quasi in unsere Abend- und Morgengebete ein.

Lieber G., schreibe ich und weiß beim Schreiben, dass ich dieses Schreiben nie abschicken werde, lieber G., ich kann nicht sagen warum, aber mir ist die Liebe zu dir abhanden gekommen. Ich habe resigniert, und die Resignation hat die Leidenschaft vertrieben. Ich sehne mich nicht mehr nach deinen Berührungen, denn ich weiß, dass sie im Grunde nichts zu bedeuten haben. Ich sehne mich nicht mehr nach dir. Dich sehen zu sollen erzeugt in mir eine Art Leistungsdruck. Worüber werden wir uns unterhalten. Wie werden wir uns die Zeit vertreiben. Wie werde ich dich unterhalten, dir die Zeit vertreiben. Ich habe keine Lust mehr, dich beeindrucken, mich interessant machen zu sollen. Ich weiß, dass keine meiner Bemühungen jemals zu etwas führen wird. Ich sehe nicht mehr ein, warum ich mich bemühen soll. Ich sehe nicht mehr, worum ich mich eigentlich bemühe.

Ich bin dir nicht böse, ich mag dich immer noch, aber ich brauche deine Nähe nicht mehr und auch nicht die Illusion von Nähe, die du mir geschenkt hast, nein, die ich mir geschenkt habe. Ich kann dich nach wie vor gut leiden. Mehr nicht.

Ich werde dir diese Mail nicht schicken, weil ich dich weder kränken noch eine Diskussion initiieren möchte. Es gibt nichts zu diskutieren. Du würdest dich einer Diskussion auch gar nicht stellen, aber das Wissen um deine mangelnde Konfliktbereitschaft würde mich nicht hindern, eine Diskussion provozieren zu wollen, wenn mir nach einer Diskussion wäre. Du hast mich immer nur vor die Alternative *Friss, Vogel, oder stirb!,* gestellt und immer war ich es, die eingelenkt hat. Ich glaube nicht, dass dein schroffes *Nimm es, wie es ist, oder lass es bleiben!,* reine Bequemlichkeit war, und ich glaube auch nicht, dass du deshalb leicht schroff sein konntest, weil es dich nicht sonderlich geschmerzt hätte, mich zu verlieren. Deine Neigung, den Berserker herauszukehren, hat was mit deiner machoiden Vorstellung von Männlichkeit zu tun, die Verzweiflung nur in Form von Wut oder wütender Ablehnung zulässt. Du würdest dich lieber wütend von mir abwenden, statt über den Verlust meiner Liebe zu dir debattieren zu wollen im Bemühen, dir meine Liebe doch noch zu erhalten. Würde ich darauf aus sein, dass du alles daran setzt, dir meine Liebe doch noch zu erhalten, würde ich das Risiko deiner wütenden Abwendung eingehen. Aber jetzt, da ich mir nichts mehr erhoffe, möchte ich, dass wir nicht im Unfrieden auseinanderdriften.

Ich bin selber erstaunt, wie unspektakulär meine obsessive Liebe zu dir zugrunde geht. Früher habe ich mir immer wieder ausgemalt, wie ich dich verlasse und wie sehr dich das trifft, und deine Trauer, die ich mir vorgestellt habe, war mir Genugtuung, aber auch Schmerz. Deswegen war ich nie wirklich offen für einen anderen: weil es mir genauso weh getan hätte wie dir, wenn ich dir weh getan hätte.

Das ist vorbei. Ich will dir nicht weh tun, ich will dich nicht kränken, deswegen werde ich dir meine Liebe nicht explizit aufkündigen, aber ich weiß, dass sie verwelkt ist. Das genügt. Alles andere wird sich finden.